第一财经
CBN

高韵斐 章 茜◎主编

与强争锋

名企挑战外企攻略

鹭江出版社

图书在版编目（CIP）数据

与强争锋：名企挑战外企攻略 / 高韵斐，章茜主编．—厦门：鹭江出版社，2008.10

ISBN 978-7-80671-984-8

I. 与…　II. ① 高…②章…　III. 企业家—访谈录—中国　IV. K825.38

中国版本图书馆 CIP 数据核字（2008）第 149839 号

与强争锋——名企挑战外企攻略

高韵斐、章茜　主编

责 任 编 辑 / 叶菁菁

特 约 编 辑 / 王丽亚　曾　刚

出　　　版 / 鹭江出版社

地　　　址 / 厦门市湖明路 22 号

邮　　　编 / 361004

电　　　话 / 0592-5046666　0591-87539330　010-62376499

印　　　刷 / 北京富生印刷厂

规　　　格 / 787 毫米 ×1092 毫米　1/16

印　　　张 / 10.75

字　　　数 / 117 千字

印　　　次 / 2008 年 10 月第 1 版第 1 次印刷

书　　　号 / ISBN 978-7-80671-984-8/I · 204

定　　　价 / 28.00 元

（如有印装错误，请寄印刷厂调换或致电鹭江出版社）

序 一

1984年我决定从中国科学院辞职，和几个同事合作做联想。在我们做出这个决定的前后，中关村和全国范围内有一大批类似公司出现。后来的记录者对这前后出现的很多公司津津乐道。

但是如果有人做一个统计，就会发现，在1984年成立的公司中，至今仍然存在，并且还发展得很好的，应该是屈指可数。如果能够把历史像一个口袋一样，提起来口朝下抖一抖，从里面会落下来很多今天人们不知道的公司。历史总是尸横遍野。

托尔斯泰说，幸福的家庭总是相似的，不幸的家庭各有各的不同。因此，作家喜欢选择描述不幸。不过，对于做企业的人而言，真正感兴趣和有价值的，恐怕是为什么幸存者能够幸存。

第一财经的《中国经营者》栏目所访问的中国经营者，都是些能够在三十年经济改革中幸存下来的企业家。从我的眼光看，幸存者幸存下来的原因，也都是各个不同的。更何况，在这三十年的历史中，大多数时候，仅仅掌握一项暂时领先的技巧也是不够的，要想战胜时间，以及随着时间不断出现的竞争对手，必须要有不断自我更新的能力。比如联想最初可以依靠做汉卡在市场上生存下来，但是如果不能够及时自我更新，找到新的增长点，也不会在这么多年后仍然存在，而且做得还不错。

经济学家和管理学家关心的另一个问题是，企业家和企业家精神在一个公司发展过程中发挥了怎样的作用，或者，更为直白地说，企业家

FOREWORD

对一个企业的成功或者失败是否起到了举足轻重的作用。甲骨文公司的创始人拉里 · 艾里森是一个非常傲慢的企业家，但是他讲过一句话，我觉得很有道理。他说，一个企业的成功肯定不是企业家一个人的功劳，不过可以肯定的是，只要一个不成功的企业家就可以把一个公司给毁掉。

《中国经营者》采访的这些企业家，目前来看，都可以称得上是成功的企业家，至少他们的公司证明了他们的成功。那么，这些人在他们各自公司的成功中扮演了什么角色呢？这些人身上，有哪些特质，有助于一个公司的成功呢？企业成功的基因，有哪些是它的创始人赋予它的？企业和它的创始人共享什么特征？这些都是颇为有趣的问题，值得研究者来思考。

中国的过去三十年，正好为媒体人和研究者研究这些命题提供了一个天然的实验室。负责任的媒体人应该适时地记录下这些人的命运，包括他们的挣扎、取得的成就和付出的代价。

三十年一个段落。在未来的几年内，会有一大批公司的创始人陆续退居二线，这些公司会再次面临挑战。无论是企业家个人控制的公司，还是已经上市的公众公司，都会碰到第二代领导者继任的问题。

这些后继者能否和他们的前任一样，很好地承担时代给他们的重负，带领公司继续发展，甚至催生出一批真正全球级的企业呢？我们只能拭目以待。

如果可以，那么中国幸莫大矣！

柳传志

联想控股有限公司　总裁

序二

在财经电视的富饶天空上，虚拟经济和实体经济交相辉映。资本市场的蓝色智慧冷峻而“神秘”；而奠定其基础的实体经济在荧屏中的位置也许并不仅仅是证券金融节目中的一个组成部分，不仅仅是干巴巴的产业报道，不仅仅是理性与数字化的公司与行业分析，它应该生动、及时、人性化，甚至打上些许的理想家色彩。《中国经营者》正是这样一档有热度的、独立的、严肃的财经电视节目。

平视、直入核心、真实展示，是《中国经营者》的三个基本点。从叙述模式上看，《中国经营者》突破了过于感性的“痛诉革命家史”或者“成功风采秀”模式，也避免了“用理论总结理论，用数据说明数据”的空谈式财经人物访谈窠臼，它用30分钟的节目时间，透彻剖析公司决策层的操作内幕及管理层的商业策略，展示经营智慧。这种将路越走越窄却越走越实的路径，摒弃了陷于案例和细节的琐碎，其指向准确，信息密集，含金量高，对于专业受众有很强的吸引力。

“没有优秀的企业家，就没有成功的企业；没有一流的企业家队伍，就没有一流的经济发展。”商业中国，与其说需要企业家，不如说更需要一种企业家思维、谋略、操守、品质——本书精选了节目四年中对近百位企业家的访谈，从创新、创业、经营策略、连锁管理、危机处理、营销等多个方面，提供了优秀企业家们的经营之道，以供读者了解企业领袖们是如何制定战略、如何在艰难时刻做出艰难的经营抉择，以获得他们成功的秘诀。相信，这对各种类型的企业经营者都有益。

从 2004 年 4 月开播，《中国经营者》已走过了四个年头。对于日新月异的电视界来说，四年不算短。四年中，《中国经营者》栏目一直保持着它的核心价值观，同时也在节目品质、电视特性、品牌营销方面做出了探索。尤为可喜的是，一个平均年龄不到三十岁的年轻团队坚守着这样一档并不热闹的节目，同时也想了很多“经营之道”来拓展节目的影响力：他们邀请到中国企业家的代表柳传志和李彦宏做节目代言人；他们与 CNBC 亚太一起推出每年一度的“中国商业领袖奖”，声誉日隆；他们想把节目做得叫好又叫座，他们的“野心”是把影响中国、塑造中国经济整体实力的一群“硬脑袋”一网打尽，留下一部当代中国优秀企业的影像发展史……

与日益强大的中国企业一起，与每周一期的节目一起，他们自己也成长了。祝福他们，祝福所有的中国经营者！

高韵斐

上海文广新闻传媒集团　副总裁

上海第一财经传媒有限公司　董事长、总经理

目录

CONTENTS

俞学锋：将“中国制造”坚持到底 /135

“虽然做自己的品牌会很困难，但我觉得每一个企业都要去做，勇于克服困难，创造自己产品的品牌，最终来提升中国这个大品牌在国际上的影响力。”

傅成玉：在夹缝中开创蓝海 /147

“中国作为一个将来的经济大国，一定要有一大批国际级的、具有国际竞争力的大企业。离开这个竞争力，一个国家的综合实力很难体现出来。”

跋：慎重、史观、跟随——我从栏目学到的事 /157

“搜索”、“中国”，这两个词都代表着高速成长，而百度是这两个词自然有机的结合。

——百度在线网络技术有限公司董事长兼CEO　李彦宏

李彦宏：百度面临考验

李彦宏简介

1968年出生于山西阳泉。1991年毕业于北京大学信息管理专业，随后赴美国布法罗纽约州立大学攻读计算机科学硕士学位。2000年在北京创建百度网络技术有限公司。

百度在线网络技术有限公司简介

2000年1月创立于北京中关村，目前是全球最大的中文搜索引擎。创立之初，百度就将自己的目标定位为“打造中国人自己的中文搜索引擎”，并愿为此目标不懈地努力奋斗。2000年5月，百度首次为门户网站——硅谷动力提供搜索技术服务，之后迅速占领中国搜索引擎市场，成为最主要的搜索技术提供商。2001年8月，发布Baidu.com搜索引擎Beta版，从后台服务转向独立提供搜索服务，并且在中国首创了竞价排名商业模式。2001年10月22日正式发布Baidu搜索引擎。2005年8月5日，百度在美国纳斯达克上市，成为2005年全球资本市场上最为引人注目的上市公司，百度由此进入一个崭新的发展阶段。

“一个公司在成长的过程中会遇到各种各样的困难，尤其是在高科技领域最热门的行业里，必然会面临残酷的竞争。市场也一定是越来越自由、越来越公平的，最后的赢家一定是在市场规则下战胜了竞争对手的企业。”

1998年，搜索引擎网站Google在美国创办，引起了巨大反响。一年之后，因看好搜索引擎的发展前景，李彦宏回国创业——百度由此诞生。一开始，百度只是为门户网站提供搜索引擎的后台服务。2000年，随着Google进入中国，搜索引擎的影响力逐渐增强，百度也于2001年由后台转向前台，百度搜索一炮打响。2004年8月，Google上市大获成功，一年后百度亦步亦趋，成为继Google后第二个上市当日股价超过100美元的搜索引擎公司。

中国搜索

百度之所以倍受投资人追捧，除了中国概念以外，还因为它搜索结果竞价排名的赢利模式。

2005年8月5日，百度在美国上市，当天股价飙涨350%，收于122

美元，一时间，百度成为纳斯达克的中国神话。按照当天股价计算，百度公司一夜之间产生了8个亿万富翁、50个千万富翁、400个百万富翁，而李彦宏也因拥有百度25%股份，市值近50亿元人民币，名列2005年福布斯中国富豪榜第17位。“百度搜索引擎”在很多人眼里成了“百度人民银行”。

第一财经：百度在纳斯达克上市的第一天股价一飞冲天，让很多人都很吃惊，跟Google热有关系吗？

“应该跟两个词有关系，一个是‘搜索’，一个是‘中国’。这两个词都代表着高速成长，而百度是这两个词自然有机的结合。”

除了中国概念以外，百度之所以倍受投资人追捧，还因为它搜索结果竞价排名的赢利模式。所谓的竞价排名就是将某个关键词的搜索结果进行竞价拍卖，谁为这个词付的钱多，谁就排在前面。

“百度是在2001年9月20日对外提供搜索服务的同时，推出竞价排名的。”

第一财经：最初卖出的都是什么词？

“鲜花、鲜花速递、干洗设备，等等，类似于此的，都比较偏门。”

第一财经：那么，这些东西的竞价收入占到整个收入的多少？

“百分之八九十。”

同样输入“鲜花”这个关键词，在Google和在百度上搜出的结果大相径庭。Google是将付费的网站集中分列在右侧，左边则是按照该网站的点击率多少进行排序；而百度不仅右侧是付费排名的网站，左边也是按照付费多少进行排序的，出钱与不出钱的区别在于是否有“推广”两个小字。

第一财经：如果在百度网页最醒目的地方写着“请注意：左侧列出的搜索结果根据它们出钱的多少排列”，会让很多用户恍然大悟：哦！原来如此。也许还有很多用户说：“我乐意！”百度敢这么做吗？

“用户最关心的是信息，关心的是搜索的结果是不是他要找的东西，这才是最重要的。至于是否为这些信息的排列付费，我认为用户有知情权，但对他来说这并不是最重要的。”

第一财经：从百度目前的经营情况来看，愿意在这方面投入、花钱的人是越来越多，还是已经进入到了一个平台期，没有特别快的增长？

“理论上讲，任何一个企业都要利用搜索引擎来推广它的产品或者服务。中国有上千万家企业，目前使用搜索引擎的竞价排名来推广的，不到10万家，只占很小很小的比例。想象一下，假如有百分之二三十的企业愿意使用搜索引擎来推广产品的话，这将是一个十分庞大的市场。”

尽管李彦宏对百度竞价排名的赢利模式充满了信心，但众多分析人士认为，中国搜索引擎所处的商业环境与美国还是有着很大的差距，竞价排名模式是否能在中国产生大规模市场效益，现在还不能下结论。

第一财经：比如汽车行业里的奔驰跟宝马，已经很有名了，还会为了排名付钱给你吗？而肯定愿意付给你钱的又是哪些企业呢？

“中小企业。”

第一财经：做小生意的？

“是的。在这个观念上，美国人比我们先进。在美国，不管是GE（通用电气消费与工业产品集团）这样的大公司，还是小夫妻店，都了解这种方式，所以不存在客户教育的问题。但是在中国，绝大多数的企业，中小企业也好，大企业也好，甚至包括跨国公司，目前还不是特别理解这点——为什么搜索引擎是最好的推广产品和提供服务的方式。”

在美国，企业通过网络渠道进行经营推广已经非常普遍。而在中国，大多数中小企业对网络都很陌生，更不用说搜索引擎这种新兴的推广模式了。为此，百度建立了区域代理和直销并存的销售模式，靠电话推销和上门服务培育并打开市场。然而，这个市场是否真如李彦宏预测的那么庞大，不少业内人士还是心存疑虑。

第一财经：以我的理解，搜索的结果中可能只有前10名是有意义的。能花钱抢到前5名最好，前10名也可以，但如果我花了很多钱，或者钱不够多，抢个35名有意义吗？

“这是一个很好的问题，我们也在研究这个问题——究竟前多少位排名才有意义。我们有一个专业团队在作这个研究：第1名点击率是多少，第10名的点击率是多少，第50名的点击率又是多少。我们的商业模式是不点击不收费。如果你排得比较靠后，没有人点击你，我们不会收钱的。”

第一财经：能不能告诉我们你的一个商业秘密——现在百度搜索结果的前多少名能卖出钱来？

“我还真不知道。”

第一财经：那么500多名也能卖出去吗？

“应该没有那么多。”

第一财经：一般来说呢？

“可能也就几十名、上百名能卖出去。”

第一财经：那么，其实这个市场是有限的？

“是无限的。因为我们的语言太丰富了，同样一个意思有很多种表达方式，不同的表达方式都可以卖一遍。”

第一财经：但在搜索的时候，人们并没有这么多灵动的想法。比如“窗帘”这个词，当然还可以搜索“卖窗帘”、“做窗帘”、“挂窗帘”。但是一般人都会搜索“窗帘”，毕竟这是最常见、最通俗的词。所以再去花钱买“卖窗帘”这个词，还有意义吗？

“不点击不收费，没有人搜索、点击的话，自然没有费用产生。”

第一财经：所以我觉得市场还是有限的。

“并不是如此。人们在搜索的时候，需求是千奇百怪的，比如‘窗帘盒’这种新词汇。”

第一财经：那么，你能不能告诉我们另外一个商业秘密——你卖出了多少个词？

“大概几十万个吧，对于百度来说，这并不是最重要的商业数据。”

第一财经：但我觉得这是非常重要的商业数据，因为收入跟这有很大的关系。如果只能卖5个词，市场肯定是有限的。你刚才说市场无限，心里想的肯定是卖得越多越好。

“是能卖很多词，但是每个词的商业价值不一样，所以这是一个综合的结果。有些词的商业价值很高，能卖很多钱，有很多收入；有些词的价值并不高；还有些词是新发掘的。同一个词，现在平均也许只有不到一个商业用户在买，但当大家都意识到这种推广模式的优越性的时候，就可能有很多的商业用户来买。所以成长空间还是很大的。”

第一财经：如果大家都觉醒了，会不会出现这种情况：每个词的前10名最后都被世界巨头企业买走了，因为它们最有钱，靠的是实力竞价；虽然现在的中小企业还能沾点百度的光，但到那时都被挤到200名以后了，最后从百度搜出来的跟电视台的几个主要的广告基本差不了多少。到那个时候，百度可能是挣的钱更多一些，但信息的多样性却彻底消失了。

“事实并非如此。中小企业卖的实际上是很多大企业不能够提供或者不屑于提供的东西，所以其实并不都存在竞争关系。而在市场这种正确或者自由的环境中，如果你的公司只有5个人，注定活不下去。即使我天天把你排在第1名，你也活不下去。所以搜索引擎继续发展下去，并不会对中小企业产生不公平的影响；相反，它给了中小企业一个更好的展示自己产品和服务的机会。”

技术之争

李彦宏认为，如果从用户的角度进行衡量，技术的高低无非是信息量大小、响应速度快慢以及信息是否具有时效性等因素。

在某种程度上，美国投资者是因为百度被誉为“中国 Google”才狂热追捧。Google 2005 年第三季度净利润同比增长了 7 倍以上，市值超过 1 000 亿美元。而百度发布的 2005 年第三季度财报显示，利润与上季度相比出现了近 30% 的下滑。消息一出，百度股价立刻暴跌了 13% 之多，目前股价在 68 美元左右。

第一财经：百度现在的股价是最高价位时的一半，掉了一半左右，近期才相对稳定了一些。你估计百度股价接下来的走势是继续上扬，还是可能下跌？你个人对股价在不在乎？

“在过去这五六年中，我们有过四次融资。第一次融资时是 0.1 美元一股，第二次融资变成 1 美元一股，第三次融资是 6.67 美元一股。6 美元多的时候已经有很多人在喊贵了，说我们疯了，要这么高的价格。仅仅过了一年多的时间，现在是 60 多美元一股。所以从历史发展的角度来看，我认为公司的成长是很健康的，而且我可以非常有信心地说，百度在相当长的一段时间里，比如未来的 10 ~ 15 年，还能保持这种高速的成长。”

第一财经：百度的投资商认同你这个观点吗？

“他如果不认同的话，就会卖出百度的股票；他如果认同的话，就会买进百度的股票。”

第一财经：客观地说，你觉得百度所拥有的技术和 Google 的比怎么样？

“在中文这个领域，我们百度的技术会更好一些。虽然百度的中文检索服务比 Google 的要晚推出一年多，但作为一个后来者，我们迅速地赶上并超过了 Google。”

李彦宏在所有的场合都给自己和百度贴上“技术至上”的标签。然而技术到底谁高谁低，各家有各家的说法。李彦宏认为，如果从用户的角度进行衡量，对技术高低的判别无非是在信息量大小、响应速度快慢以及信息是否具有时效性等方面进行比较。

第一财经：海量网页似乎是有点资金门槛，但没什么技术门槛吧？如果别人也愿意拿出足够的钱来做这件事，是不是就能超越百度？

“表面上看，只是我的数据比你的多了 30% 或者 50%，但我能搜到 9 亿网页，这 9 亿网页的重复率很低，而且能够去掉很多垃圾网页；我的竞争对手也许根本就没有能力搜到这么多网页。”

第一财经：其实国内现在有三四家公司跟百度的差距并不是很大，那么纯粹从海量网页的角度来看，这个差距是在加大还是在逐渐缩小？

“我们在刻意地保持这种差距，要绝对保持一定的优势。一旦他们增量，我们马上也跟进。”

第一财经：你们放开量了吗？

“没有。”

第一财经：是资金的问题吗？

“不只是资金的问题，在技术上也存在一定的难度。如果网页太多的话，处理起来复杂度也会更高。”

第一财经：这会不会变成蒙骗用户的一个手段？我能搜到 9 亿，他说我只有8亿；等我有9亿了，他又说他能搜到10亿。用户受此影响就会说，我们去10亿那儿看看吧。其实搜出10亿、9亿和8亿的网页，并没有什么明显的区别。

“你说得很对。现在市场上就有人说他能搜到10亿网页，可是用户信吗？一个用户容易蒙，几千万甚至上亿的用户是不容易蒙的。用户天天都在使用这个东西，并不是你告诉他好就是好，他是靠自己使用的感觉来评判的。”

第一财经：对于技术的第二方面——反应的速度，我也很好奇，这是否只是一个噱头？因为一按回车键搜索的东西就出来了，其实显示时间是0.1秒还是0.2秒，根本察觉不出来。

“客观地讲，我觉得刻意强调这个反应时间，有一点市场的因素。”

第一财经：我觉得有点噱头。

“有这个成分。”

第一财经：这就相当于揭开了皇帝的新装。其实所有的搜索用时都在0.1秒至0.2秒之间，用户对这个差别并没有明显的感觉。

“对，都是零点几秒。一旦超过了1秒，在技术处理上就叫time out，即超时了，也就是说这个系统的工作出现了异常情况。如果一个需求1秒钟之内都没有响应，后面许多需求都被堆下来的话，整个系统就瘫痪了。这是绝对不能容忍的情况。”

第一财经：最后一个技术就是更新。比如我要采访你，我当然要先到网上去搜索一些相关信息，做到知根知底。但为什么搜索结果不能按照时间来排序呢？

“很抱歉，这的确是我们做得不好。虽然百度有这个功能，但是大多数的用户不知道怎么用。百度的高级检索里有各种各样的选项，其中一个就是你可以对时间进行限制。”

第一财经：如果我要过去5年的信息，按照网页生成的时间来排序，你们能做得到吗？

“理论上能做到，但是实际操作有困难。一个网页，我们并不能直接得知它的生成时间。我们必须要用蜘蛛程序抓取时间，将它标记为生成的时间，而这很有可能是错的。”

第一财经：互联网上的信息呈爆炸式的发展，而你的雄心壮志又是要以掌握海量的网页来作为取胜的基础，这么大的量，你怎么处理？

“其实搜索引擎面临着三大难题：第一个是大数据量，而且数据量会越来越大，增长速度比网民数量、上网时间增加得都快；第二个是大访问量，在有大数据量的同时，你要为几千万，甚至几亿的网民服务；第三就是所谓的实时性。这三项就是搜索引擎要做的事，要同时做好，非常困难。”

坚持到底

在李彦宏看来，只要把一件事情坚持做好了，就算得上是一个很伟大的公司。

在某种程度上，用户访问量决定着搜索引擎网站的生死。MP3 搜索链接是百度最受欢迎的服务内容，访问量占到其总访问量的 1/3。但是随着百度名气越来越大，它的这项服务也成为众矢之的。2005 年 9 月，北京市海淀区法院就上海某音像公司诉百度侵犯音乐著作权一案，作出百度败诉的一审判决，百度赔偿原告 6.8 万元；10 天之后，环球、百代、华纳、索尼等 7 家唱片公司对百度的侵权诉讼再次开庭，它们共计向百度索赔 167 万元。面对接连不断的官司，百度依然坚持提供 MP3 搜索服务。

第一财经：如果百度不做 MP3 搜索服务，对它的整个收入是不是并没有特别大的影响？

“对，影响并不大。”

第一财经：跟别的搜索比起来，MP3 搜索并不是很干净。很多公司就因为这个原因渐渐地把这项服务撤了，而百度为什么到现在还旗帜鲜明地把它摆在第二个按钮的位置？

“我们只是做了一个索引，告诉用户东西在哪里。互联网上的信息是海量的，作为搜索引擎，没有能力去一条一条地检查搜索的结果是不是侵权的。所以，我们并不认为我们有责任去检查哪些歌曲是盗版的。而且没有百度 MP3 搜索服务的时候，CD 的销售量也不高。尽管我们还没有意识到应该寻觅一种大家都能得益的合作方式，但那种关掉百度 MP3 搜索服务、唱片公司就可以靠卖唱片挣大钱的想法，我认为是不现实的。”

第一财经：你这个推论没错，大家也都同意。但问题在于，比如一个城市有很多小偷，偷来东西再卖出去，被偷的人当然很恼火，却逮不着小偷，某天，竟然有人出了一本赃物购买指南。你觉得自己很无辜吗？

“警察可以按图索骥去抓小偷。我觉得需要解决的是源头问题。”

第一财经：其实MP3搜索服务对百度的业绩和收入没有特别大的影响，做不做都可以，你为什么非得做不是很干净的MP3搜索服务，不干脆把它踢掉呢？

“我认为产业的发展，都必须经过这样的一次洗礼，产业链上的人才能够搞明白，大家应该采取什么样的姿态，才能促使产业很好地发展。也许要通过打官司来解决，也许需要大家坐下来谈才能解决，也许什么都不用做，最后自然而然就解决了。对于唱片公司来说，如果歌曲经常被百度搜索到的话，还能从手机下载这一块挣到很多钱，何乐而不为？也许随着时间的推移，大家都希望自己被搜索到。”

第一财经：也就是说你现在抱着不打不相识，或者是最大的敌人有可能变成最大的朋友这样的想法？因为你现在跟这么多大的唱片公司激烈对抗着，但有可能最后你们找到了一个利益共同点，你就会变成MP3搜索服务市场上最大的赢家？

“其实大家都是站在各自的立场考虑怎么维护自己的利益，并不是一定要把对方打死。百度并不希望唱片公司倒闭，唱片公司也不希望百度倒闭。只不过在这个产业发展过程当中，大家需要逐渐地磨合，找到一种适合的方式来解决这个问题。”

第一财经：百度不能再往前走了吗？离开搜索，往前多走一步，像苹果公司那样，为大家提供正版音乐，百度不愿意这么做吗？

“这些超出了搜索引擎的业务范围，我们不是做这些事的。我们所做的只是要告诉用户信息在哪里。从一开始，我们就是这样做的。我认为只要把一件事情做好，就是一个很伟大的公司了。”

我考虑的是真正能给用户带来什么价值，而不是以我自己的股份能够升值为出发点。

——腾讯科技（深圳）有限公司董事局主席　马化腾

马化腾：围城突围

马化腾简介

1971 年出生于广东潮阳。1993 年毕业于深圳大学计算机系。1998 年创立腾讯公司。现任腾讯公司董事局主席，拥有腾讯 13.13% 的股份。

腾讯科技（深圳）有限公司简介

成立于 1998 年 11 月，是目前中国最大的互联网综合服务提供商之一，也是中国服务用户最多的互联网企业之一。成立 10 年以来，腾讯一直秉承一切以用户价值为依托的经营理念，始终处于稳健、高速发展的状态。2004 年 6 月 16 日，腾讯公司在香港联交所主板公开上市。

“如何判断一个人在一个企业中更具有成长性呢？从腾讯这些年的经验来看，我们认为品质是最重要的，也就是说他是否具有正直的品质以及能够包容他人的合作精神。仅仅是自身能力非常强，还远远不够。没有前面这两点，他在很多公司，包括腾讯，不具有成长性。”

马化腾是即时通讯领域的先行者，被称为“QQ之父”。

1998年，27岁的马化腾和他的同伴在深圳注册了自己的公司，这个叫腾讯的公司很快推出了中国第一代即时聊天工具——QQ。当年11月，QQ用户就突破了100万。截止目前，腾讯的注册用户达到4.4亿，排名仅次于美国在线，位列全球第二。

2004年6月，腾讯公司在香港联交所主板上市交易。股票从发行价3.7港币一路走高，目前股价在10港币左右，总市值达到178亿港币，马化腾的个人资产也超过23亿港币。

江湖之争

凭着一股韧劲，马化腾用了7年的时间，把一个最初人们并不看好的应用技术发展成了互联网上人气最旺的产品。

第一财经：腾讯QQ真正的使用者有多少人？

“大概有1.1～1.2亿的真实用户。现在很多QQ用户的年龄在7～10岁，但这部分并不计入网民数量。我相信，假以时日，比如再过两三年，他们也会逐渐被纳入官方的统计。”

第一财经：也就是说，实际上中国大多数的网民都被QQ用户覆盖了？

“应该是，估计覆盖率在80%左右。主要集中在低端到中高端用户，但最高端，比如白领用户，覆盖率比较小。”

赛迪顾问的数据显示，2005年即时通讯总产值达到19.1亿元，同比增长了38.4%。到2008年，这一数字将达到40多亿元。由于看好未来的发展趋势，各大门户网站纷纷进入即时通讯市场跑马圈地，光是国内市场上即时通讯软件数量就达50多种。尽管如此，腾讯QQ依然占据即时通讯市场近80%的份额，1 800万同时在线的用户数量成就了马化腾在这个领域的霸主地位。

第一财经：这么多用户很稳定地使用腾讯的产品，你觉得腾讯公司实际在扮演一个什么角色？

“即时通讯是一种什么样的商业模型，实际上并不清楚。即使到现在，即时通讯自身无法形成一个独立完整的商业体系。但是在这个摸索的过程中我们发现，即时通讯是一个非常好的积聚人气的社区平台。在市场成熟的情况下，我们可以利用这个平台叠加一些增值服务，比如无线增值运用、网络游戏、门户资讯、电子商务，等等，产生新商机。从目前的注册用户和使用量来看，腾讯QQ拥有中国互联网最活跃、最大的用户群。”

第一财经：发展到现在，你觉得QQ用户的数量是继续像前几年那样迅速地增长，还是渐渐步入到一个比较缓慢的增长阶段？

“中国网民的数量正从1亿迈向2个亿甚至2.5亿，这也就是未来三四年的事情，因此，这是一个非常关键的投资期。对于互联网的几大公司来说，如何定位好接下来几年的战略，我觉得非常重要。新增的用户群非常有中国特色，主要来自毕业的学生，中国一年的毕业生大概有2 000多万。腾讯QQ占据了一个非常好的位置，因为它的目标用户群中学生群是最强的。”

第一财经：为什么一毕业的学生很快就成为你们的用户？

“即时通讯最大的一个特点就是黏性非常强。它的黏性是来源于用户和用户之间产生的关系链，而不是我们提供的某个服务。我们为每个用户提供服务，但完全是用户本身之间产生了很多内容，形成了沟通关系链。当一个用户要跳转到另外一个平台的时候，势必要牵着这个关系链一起走，特别是通过六七年沉淀下来的私人关系，在别处是很难复制的。”

突破重围

强敌压境，腾讯地位岌岌可危。身居围城，马化腾变劣势为优势，与之抗衡。

尽管马化腾对于自己在即时通讯领域的地位依然自信，但是他也不得不承认，以微软为首的国际互联网巨头正在加紧对这一领域的攻势，尤其是MSN正以其高端的形象迅速占领商务人群，使QQ用户快速分流。中国即时通讯市场形成了一方攻城、一方守土的局面。

“目前在中国拥有最多用户的两大即时通讯产品就是QQ和MSN。但是它们的特点各不相同：QQ面向中低端用户，有比较广大的用户群；而MSN面向的是高端用户，用户群是办公室白领。”

第一财经：用MSN就绝对放弃QQ吗？

“有一定的几率。根据我们的调查，1/3的用户会放弃，2/3的用户两者都用。生活圈子、好友的圈子有时候是不一样的，根据不同的需求，两者的用户会有一些重合。但是很多腾讯QQ用户只用QQ，比如在网吧，基本上就以QQ用户为主。”

第一财经：很多媒体都猜测或者写道，你们跟MSN是一种刺刀见红的对拼关系。你本人觉得MSN对QQ有很大威胁吗？

“其实我们整个团队正需要这样强大的竞争对手来激发我们的活力，促进我们的成长。事实上在市场上竞争的这些公司，不仅是MSN，还有其他一些即时通讯产品做得也相当不错。”

第一财经：MSN现在步入了用户快速增加的阶段。这些用户有多少是从QQ这边转过去的，有多少是本来没用过QQ就直接使用MSN的？

“从QQ脱离到MSN的用户，大概只占到MSN用户的1/3，其他的市场都是它自身发展出来的。一些本来对即时通讯根本就不感兴趣的用户群，可能受办公室环境的影响，也开始接触即时通讯产品，就好像用电子邮件一样。因此我们是在市场上各自擅长的领域，不断地把蛋糕做大。”

业内人士认为，个人应用的多样化和企业应用的专业化是即时通讯市场的发展方向。尽管马化腾认为QQ与MSN应该在各自擅长的领域去发展，但微软的胃口显然要更大。它并不满足于MSN在高端市场的优势，为了拥有更多的中低端用户，MSN在门户网站上还不断地增加娱乐元素。

第一财经：当看到MSN越来越像QQ，并逐步跨入QQ擅长且具有优势的领域，你有没有窃喜？

“其实这几年，所有的即时通讯产品，包括国外的很多产品，越来越相似，但用户群和一些基本的商业原则是根本不同的。比如QQ的定位是一半是认识的人、一半是陌生人，适合于那些对交友、与陌生人沟通有需求的人；但另外一些人比较喜欢MSN，因为没有陌生人的干扰。用户的需求是不能被忽略的，而且在不同的场景也许有不同的需求。”

第一财经：以MSN目前的定位和现有的状况，你觉得它有可能切入到你现在倚为主力的以娱乐和社交为主体的中低端市场群体当中去吗？

“娱乐是我们的强项，如果没有超越我们的服务的新产品的话，就谈不上必杀的核心竞争力了。我们非常愿意在这方面去做一些很有益的竞争，但这不是最关键的问题。我们现在最发不了力的地方是高端纯商务领域，他们本身就拒绝陌生人，需求的是一种纯商务环境，这跟我们目前的用户群是不一样的。单纯地改造现有的产品是行不通的，我们必须要另外开发新品牌，去进入甚至抢占这个市场。”

事实上马化腾并没有坐等对手攻城略地。自2003年以来，腾讯就开始销售一款叫TM的企业专用即时通讯产品。为了更好地普及TM的应用，马化腾决定免费开放这款向企业推销的软件，期望与MSN抢夺高端市场份额。

“如果MSN想走向低端，叠加增值服务的话，它其实踏入了一个非常难竞争的市场。因为跟娱乐有关的东西并不只有QQ，它还要面对国内很多的这种社区。这样的竞争环境，谁都没有必胜的把握。而且如果MSN过于娱乐的话，会存在一定的危险，它可能会因此失去原来在办公室的价值。当然，也有的公司规定在办公环境下，不允许使用任何即时通讯工具。”

第一财经：你认为MSN某天会颠覆QQ现有的占有率吗，会不会它变成了50%，而QQ只占30%？

“从长远的角度来看，我认为有这个可能，但不一定是MSN，也有可能是下一代新产品，但我认为我们完全有能力与之抗衡。在中国，MSN也在向年轻人靠拢，这样做有利有弊，它因此能够拿到更多的低端份额，但也会因此失去一部分高端用户，失去在办公室环境里没有干扰的这种概念。而且我们也在采用另外一种方式进行博弈：在中低端市场继续做大做强的同时，我们将整个竞争从单一的点扩大到一个面。”

大举扩张

大举扩张，马化腾全力打造腾讯价值链，完成腾讯的战略布局。

腾讯的赢利模式主要有3块：互联网增值服务（网络游戏、QQ秀等）、无线网增值服务（短信、彩铃等）和广告服务。2005年，这3块业务的收入比例分别为51%、41%和8%。这与常规的互联网赢利模式并无太大差别，但让腾讯骄傲的优势还在于其拥有庞大的用户群。该怎样更加有效地让这个群体产生更多的真金白银，这是马化腾日夜思索的问题。

第一财经：你们已经很好地把人气变成财富了吗？

“我自己对此很不满意，还有很多东西没有做，或是做得不够好。”

第一财经：有人指责说，你们有了这么庞大的用户群，而且手里有钱，但是很多新兴的项目你们都不是第一个扑上去的，甚至第二个都不是。等前面的“烈士”倒下了，成功者出现了，你们才跟进。你们是有意这么做的，还是你们当时已经发现不好，不得不这样做？

“坦白地讲，这两种因素都有。实事求是地说，我们看走眼过很多东西，比如网络游戏，我们就慢了两年。其实当时的网络游戏还没有正式开始，只是刚刚有一个雏形。我们都意识到了，但是没有精力投入。一直到 2003 年，我们才开始涉足。但这需要一个培育阶段，起码要两年才能基本成型，团队培养到位了，才能开发完善。所以我们差不多耽误了两年的时间，在战略上来说是慢了点。”

第一财经：你现在觉得这是好事，还是坏事？

“有好有坏。如果让我重新来做，我应该先投少量的资源去做，少走一些弯路，让后面更顺畅。实际上我们还是多走了一些弯路，起码晚了半年、9 个月，包括我们代理韩国游戏，不过不是很成功，最后还是回头自己来做开发。我们的确是有意放慢脚步，这几年我们也的确看到过很多机会，但都是等别人进行了风险投资，开始火热了，我们才考虑要不要投入。”

第一财经：你们这样一个拥有最大用户群的企业，是继续挑头，还是慢走一步？似乎慢走一步才不至于一脚踏空，而且等你们确定要做的时候，人多势众的优势还可以体现出来。

“实际上在发展过程中的确存在这样的情况：如果过快的话，团队、产品经理未必是业内的NO.1，他们就跟不上。行业的NO.1有最丰富的经验，虽然他做出来的产品不一定是最好的，但跟在他后面可以作出准确的判断——了解用户真正的需求，吸取其精华，应用于自己推出的下一个产品。处理得当的话，既满足了用户需求，而且用户数量又最多，其形成的威力会更大，会后来居上。但也要注意这个度，不能太晚。”

第一财经：你怎么判断这个度？

“我认为推出可以迟一点，但前期的跟踪和研究要早一些。”

第一财经：腾讯慢走一步的话，那用什么策略再去抢先呢？

“根据细分的不同的市场需求来制订相应的策略。比如在互动娱乐方面，我们先上棋牌类游戏。棋牌类游戏开发周期很短，3个月见效。然后再一款一款地加进其他游戏，都叠加在QQ Game这个网络平台里，我们的大型网络游戏从一开始就选准了这个最切实际的路子去做。现在我们互动娱乐这块正类似一个金字塔，越往上走，有些风险越无法控制。因为环节很多，中间的变数太大了，所以自身要具备一定的抵抗和自愈能力。这种金字塔的结构在往上发展的过程中，如果哪个地方不顺利了，塌下来了，起码还有下一层在撑着。”

第一财经：能撑得住吗？

“能。我爬起来，往上再垒，吸取经验总是能够往上走的。如果我们某个地方做得不好，不要紧，可能只是一些细节上处理得不好，但总是可以很快地爬起来总结经验。只要大方向对了，最多就是晚一点，可能是半年，或者一年，但我相信肯定能够继续前进。”

实际上，由于即时通讯软件并不存在技术壁垒，而它给用户带来便利的同时又可以增加用户的忠诚度，一时间，网易泡泡、盛大圈圈、淘宝旺旺、Google Talk、雅虎通、贸易通、买卖通等即时通讯工具纷纷大力推向市场。而马化腾也携其庞大的用户群进军网络游戏、门户网站、电子商务等领域。

第一财经：腾讯现在也做电子商务，包括网上交易，这种做法跟你们网络游戏的策略一样吗？

“这种网上交易模式最适合我们切入。因为从中国这两年电子商务的发展来看，特别是拍卖网站，它和国外的一个显著不同在于，中国的买家和卖家之间非常需要沟通。我们调查发现，80%以上的交易在成交之前都进行了沟通，而且大多使用了QQ。电子商务实际上是一个需要长期发展的领域，并不是在两三年内就可以见分晓的。我们一定要先期进入这个市场，先行投入，但并不等于一开始就狂烧钱，花很多钱去打广告来争取用户。关键在于如何把产品做得更好，如何将即时通讯和电子商务，特别是拍卖结合得更好。”

第一财经：也就是说，你并不认为你是进入了一个新的领域跟别人竞争，而是要用电子商务这个功能来丰富你最有优势的领域？

“当我们进入棋牌类和其他网络游戏，逐渐成长起来的时候，其他网络游戏的在线人数没有降低。这就说明我们的市场是新增出来的，是将一些非网络游戏的用户发展成为了网络游戏的用户。在电子商务领域也是如此，我们可以与其他公司共同把这个蛋糕做大，把很多现在还不知道电子商务为何物的网民培育起来，让他们知道，其实通过QQ、通过互联网还可以做很多事。我相信这是一个一举两得、相辅相成的办法。”

即时通讯软件的一个重要的赢利预期是介入通信领域，也就是实现从电脑到电话的直接通信。目前国外这个领域已经比较开放，而国内由于电信管制等政策方面的原因还没有放开。嗅觉灵敏的马化腾在这个领域又是如何布局的呢？

“这个领域其实相当敏感，必须要和运营商合作。所以我们在这方面的定位非常清楚，肯定要做技术储备和产品研发，而且也投入了不少精力。但我们并没有去单独做，像Skype那样直接跟运营商对着干。我们相信在网络电话方面，一定可以找到一个属于我们自己的空间，比如VOIP网络电话的增值服务，在手机终端、固定电话和电脑用户群之间的群体沟通交流，我们可以做很多类似的增值服务。”

的确，反向突围是马化腾面对互联网大军围城的得意对策，上亿规模的QQ用户群体是这一招的内力所在。叠加在腾讯即时通讯平台上的6大互联网领域如同花瓣绽放，花心是即时通讯平台，6枚花瓣分别是：门户qq.com、C2C paipai.com、游戏、搜索、品牌授权、第三方支付“财付通”。马化腾不动声色地完成了腾讯帝国的业务布局。

第一财经：现在比较热门的，从门户到游戏，从电子商务到博客，你们都在做。除了用户众多以外，你们并没有在哪个方面做得特别好、处于非常领先的地位。你觉得这是理所应当的，还是没做好？

“我觉得应该就是这样的，不可能每项都做到第一。我们要在新的领域进行投资，然后和自己的核心资源相结合。我相信，这是互联网公司必须要做的，而且从国际市场来看，大家也都在往这个方向迈进。虽然涉及的都是这几个热点，但必须要找出哪些是你最容易与之结合的，再分先后进入。社区的盘子做得越大越能抗打击，这样就不会导致某个战场的输赢直接决定整个公司成败的被动局面了。”

第一财经：你觉得你个性中的哪些方面对你的事业特别有帮助？

“我考虑的是真正能给用户带来什么价值，而不是以我自己的股份能够升值为出发点。做到了一定的量，有了用户，有了眼球，有了流量之后，有什么东西可以提供给用户、壁垒是什么、和其他人做的事又有什么不同，这些是我需要考虑透彻的问题。你为用户提供了真正的价值，帮他解决了问题，他会觉得你的服务非常好，他以后就离不开你。这样一来，我个人的价值也得到了提升。”

今天经济的全球化，不是一个国家的全球化，也不是一个公司的全球化，而是每个人的全球化的过程。

——东软集团股份有限公司董事长兼CEO　刘积仁

刘积仁：龙象之争与中国式生存

刘积仁简介

1955年出生于辽宁丹东。1980年毕业于东北大学电子系计算机软件专业，1982年获得硕士学位，后留校任教。1987年成为中国第一个计算机应用专业博士。现任东软集团董事长兼CEO。

东软集团股份有限公司简介

创立于1991年，是中国领先的IT解决方案和服务提供商。公司主营业务覆盖软件产品与平台、行业解决方案、产品工程解决方案和服务4个领域。目前，东软拥有员工13 000余名，在中国建立了8个区域总部、16个软件开发与技术支持中心、5个软件研发基地，在40多个城市建立了营销与服务网络。在大连、南海、成都和沈阳建立了3所东软信息学院和1所生物医学与信息工程学院。在美国、日本、印度、阿联酋、匈牙利和香港等国家与地区设有子公司。

“要的不仅仅是人，更是这个人的能力；不仅仅是技术能力，而且要有能够跟产业链条充分融合的能力。”

大连2007年的冬天对刘积仁应该是温暖的。在他荣膺年度“中国最佳商业领袖奖”后不久，东软股份小鱼吃大鱼，以换股的方式吸收合并东软集团，整体上市计划于当年12月25日获得了证监会审核通过。在软件外包、系统集成服务、数字医疗产品三方面实现国内领先后，东软不可避免地开始与印度同行面对面。

而在当今全球的财经界，有一个话题每隔一段时间就会被拿出来讨论一下，那就是中国和印度谁的发展更快一点，人们把这叫“龙象之争”。印度总理辛格博士访问中国时，在新闻发布会上讲了这样一句话：中国的成功刺激了印度的变革。其实反过来也一样，印度很多行业的进步，特别是像软件外包行业的成功，同样在刺激着像刘积仁这样的中国企业家。在新的一轮“龙象之争”中，期待着中国和印度能够共舞，赢取更美好的未来。

“龙象之争”

整个中国软件外包行业之和，还不如印度Infosys（印孚瑟斯）一家的营业额——它是一头遥遥领先的印度象；东软确定了自己独特的模式，这个

模式不是印度所有的——它是一条不甘落后的中国龙。

马斯·弗里德曼在《世界是平的》一书中写到：在印度的Bangalore(班加罗尔)，几乎每个星期都会有新的玻璃钢材建筑拔地而起。在有的办公楼里，Infosys的员工在给美国或者欧洲的公司编写特定的软件程序，而另一些办公楼中，他们的同事在给欧美跨国公司运作后台支持系统……像印度这样的国家已经准备好了参与全球知识型工作的竞争。“世界的竞技场已经被夷为平地”。

目前印度的软件公司拥有超过65万名工程师，雇员总数仅次于美国。预计到2008年，印度软件业产值将达到850亿美元，其中出口500亿美元。相比之下，中国软件业差距巨大，几大厂商一年的销售额总和还不如印度Infosys一家。

印度软件外包行业的特点是起步早、规模大，具有语言优势，以欧美市场为主，IT教育成熟，产业集群领先；而中国软件外包行业的特点是起步晚、规模小，以日本市场为主，人力成本较低。

第一财经：相比之下，印度有三个优势，这也是中国软件外包行业在发展中要解决的问题。第一个就是语言和天赋，印度人的数学天赋非常好，阿拉伯数字是古印度人发明的。第二，印度在软件教育方面非常领先，有1 600多个软件教育机构，每年培养6万多名软件人才。第三，印度软件的产业集群发展得非常好，Bangalore的软件经营产业处于世界领先水平。这三个问题，你觉得中国软件外包行业能否突破？

“首先谈人才问题。在国外大学的工程专业里，特别优秀的学生基本都来自于印度和中国，所以我认为个人素质没有问题。再从语言的能力方面来说，他们英文的水平，尤其是发音，未见得比中国强。”

第一财经：是的，印度人说的英文很难听懂。

“跟印度比，我们并不弱，问题是如何培养实用、和产业匹配的人才。这就是刚才你说到的第二个问题——教育。”

第一财经：那会不会出现印度到中国抢人才的局面？

“事实上现在是一个以人才为竞争核心的时代。我曾经跟印度几个大公司的高层管理人员交流过，我问他们到中国来的主要目的是什么，他们说是因为在印度找不到那么多人了。”

随着软件业的急剧扩大，印度、中国不约而同地遇到了人才供不应求的问题。Infosys 干脆宣布未来将投入 6 500 万美元在中国招聘 6 000 名工程师，以扩大在中国的外包业务。

第一财经：他们会大力挺进吗？

“目前他们遇到了一些问题，他们宣布的计划，事实上到今天都没有实现，而且差得很远。我问他们为什么，他们说在中国找人也很困难。因为要的不仅仅是人，更是这个人的能力，不仅仅是技术能力，而且要有能够跟产业链条充分融合的能力。这个产业的规模扩展速度太快了，对人才的需求也很强烈。开个玩笑，如果大连今天晚上有 1 万合格的员工在那儿等着找工作，明天一下子就会没有了。”

人才策略

人力紧缺这把双刃剑既限制了对手，也限制了东软。全球软件市场竞争的背后是场优质IT人才的争夺战。

第一财经：对人才的强烈需求会不会造成东软现有人才的流失？

“我们去年整体的流动率不到7%，这个数字是行业平均流动率的1/2。之所以能够保持这个数据，我的体会是因为我们这个给人激情的事业。去年和今年，我们招了7 000人，是过去14年的总和。”

第一财经：如果现在跟印度公司相比，东软有一万多人，而印度有五六万。其实人多到一定程度，公司必然会产生一个质的变化，在管理方面也会有一个很大的改变。

“印度现在最优秀的这些公司在2000年的时候，大概跟东软现在的规模差不多。也就是说，它们用了差不多5年的时间，完成了过去用18年或20年间所创造的总和。只有发展到一定规模，才会以更快的速度成长。东软现在的绩效和前进的路线，正像印度这些公司几年前一样，一切并不那么遥远。”

第一财经：东软整体上市以后，牵扯到2 600多员工持股的问题。这是不是你用来凝聚员工的一个策略？

“从东软发展的初期一直到现在，我们特别注重让员工持股。这是让我对自己感到很兴奋很自豪的一件事，因为很多人在一起推动这个产业，而不仅仅是几个创始人。”

除了内部千方百计留住人才，东软集团在外部积极寻找校园招募的机会。从2001年起，东软相继在大连、成都和南海建立了3所IT专业大学。截至2006年，向社会输送了6 000多名毕业生，同时为1万名个人和企业客户提供了培训。高校成为刘积仁缓解资源压力的一张好牌。

“由于印度这个产业的规模很大，所以人才也十分短缺，整个行业的流动率在20%左右。”

第一财经：那我们的是多少？

“国内大概在15%左右，也有可能达到20%。Infosys自称在每100名申请人中只挑选1名，如果它1年要扩展1万人的话，它就需要从100万人中进行挑选，而印度整个国家1年也不会有100万IT专业的大学生。大连现在围绕我们学校的有6万名从事软件和服务的人才，如果这个行业每年扩张50%的话，一年就需要3万人才。如果每10人里面挑选1人，就需要30万名候选人。而整个中国1年IT专业的大学毕业生可能就只有六七十万。”

第一财经：具体来说，东软是怎么招收的呢？

“比如今年计划招4 000人，那么在前一年，东软就和中国的二三十所大学签订了软件合作计划，这样才能够保证这4 000人在今年能够到位。东软拥有的3所大学，相当于东软的培训机构，这就是东软的核心竞争能力。”

第一财经：不管是民营企业家，还是中国政府，都想要建立中国的Bangalore。但这条路并没有走通，原因是什么？中国能不能出现一个Bangalore呢？

“现在大家都求快，不是很有耐心，都觉得可能一夜之间就会怎么样，却忽略了我们的国情，忽略了我们在国际市场上的品牌影响力。我们那个软件园当时的一个目标，是为了能够把人才吸引进来。”

第一财经：你认为大连在软件行业有发展机会？

“有相当大的机会。到大连来的这些外国人，大部分都跟IT相关；学生在这里受着熏陶，感受着世界的各种变化。大连将会成为全球软件外包行业的一个新的领军城市。”

第一财经：除了人力成本的优势外，中国的软件外包行业还有哪些优势呢？

“今天经济的全球化，不是一个国家的全球化，也不是一个公司的全球化，是每个人的全球化的过程。这就像中国的优势未来会表现在智慧的能力、服务的质量、创新的能力，包括整个的综合成本。”

市场博弈

“龙象之争”从抢人才发展到抢市场，刘积仁在这场博弈中努力为企业寻找生存之道。

对日外包是东软的生存空间，但这种依赖单一市场和主要客户的模式存在风险。近年来，Infosys、Satyam（萨蒂扬）、TCS（Tata Consultancy Services Ltd.，塔塔）以及Wipro（维普罗）等印度外包软件巨头先后落户上海。除了服务好现有的欧美客户，此举还有瞄准日本市场准备与东软分蛋糕的意图。

“因为东软现在有5 000多人在为日本企业服务，我们需要的不仅是能够讲日语的人，还要懂日本文化，并且要懂产品。比如嵌入式软件，现在日本需要30万工程师来支持这个产业的发展，但目前缺口为10万。”

第一财经：由中国来弥补日本人力资源的缺口？

“我们的日本客户说，他们没有那么多合格的人来做事情，所以现在根本就不是成本问题。中国可能缺乏其他资源，但中国最丰富、最宝贵的资源是人力资源。因此，中国的人力资源完全可以成为一种战略性资源。”

第一财经：中国的制造行业原来依靠的也是人力资源，你的意思是我们现在要在服务行业也把人力资源的优势突现出来？

“全球软件外包行业的两大趋势：第一，对人才的需求在不断地增加；第二，发达国家人才的供应量不断减少。这就让那些过去并不擅长这个行业，但拥有比较发达的教育设施、重视教育的国家和地区受益，也包括大连。按照《世界是平的》一书所说，未来的科学家也需要低成本。”

第一财经：对，这是德鲁克讲的。世界越发达，科学家成本应该越低。

除了有人力资源作竞争后盾，东软另外一个优势是国内外包市场。现实的国情因素导致中印两国IT产业模式的不同：印度基础建设严重不足，国内的软件需求并不大，大部分软件企业都是在国际市场上“为他人作嫁衣”；反观中国，凭借良好的基础设施和制造业的崛起，国内市场需求的优势正在竞争中逐步显现，这给东软未来带来新的机遇。

第一财经：中国现在软件外包行业的规模，跟印度比还差很多。我们全部加在一起还不如 Infosys 一家公司的营业额规模。那么，要改变这样的状态，大概需要多少年，要用哪些办法？

“过去我们认为，外包是指由一个国家来做另外一个国家的工作。而真正的外包的定义是，一个客户把自己做不了的工作包给别人做。所以从这个意义上来讲，中国外包的整体额度跟印度比并不小，可能规模相当，前年的数据我们还要略高一点。最大误解在于，印度 90% 以上的外包来自于海外，而中国的 90% 以上来自于本土。”

第一财经：这也是一种希望。

“比如东软现在给电信做的、给社会保障做的、给政府做的、给所有的电力系统做的都是外包，跟国际外包没有任何的不同，只是这些业务在国内。而由于印度国内的信息基础设施不发达，这方面的工作量就很少，所以他们更多面对的是国外市场。从这个特点出发，我们应该思考中国的 IT 企业如何确定一个自己独特的模式。”

第一财经：与东软相比，印度这些公司最明显的短处在哪里？

“东软特别重视日本市场，也特别重视中国本土的市场，而且东软还特别注重软件跟制造业的结合。如果能把这 3 块结合起来，东软就有了自己独特的模式，完全不同于印度公司。尤其是与制造业的结合，中国本身就是一个软件制造的强国和大国，如果制造业里面的软件都在中国制造，市场将是不可估量的。”

第一财经：这 3 块里，我认为成长最快、有最大发展可能的是中国内需市场这一块。

“我也认为如此。可能现阶段中国内需的市场还不够强大，但我们十分看好未来的10年或者20年的市场，这也是东软为什么要不断地坚持中国的内需市场。”

第一财经：既然东软的重点是日本市场、本土市场和应用性的领域，那欧美市场这一块还会作很多努力吗？

“中国的软件制造会越来越走向高端，未来本土或者跨国公司的研究会越来越向中国转移，全世界做保险的、做金融的银行都到亚太、到中国来运营，这些都会推动中国IT服务市场的发展，会给东软带来很多机会，带来很大的市场和空间。而我们的竞争对手将来在这个方面可能不会和我们产生很大的竞争，因为这是我们的优势所在，我们将竞争力都倾注其中了。”

第一财经：从阿里巴巴上市受到全世界金融界的追捧来看，整个IT在中国应用型的时代已经到来，这对软件外包行业来讲其实是个巨大的机遇：中国的内需市场，13亿人口的市场一旦被激活，那么中国制造的升级换代一定需要软件外包这个行业。

“我十分赞同这个看法。过去中国的企业都是自己搞IT，几十年走下来，现在没有企业自己在搞IT了，都完全外包了。也就是说，中国市场可以造就出全球领先的IT服务公司。日本的NTT DATA公司在全球的IT服务大概排前5名，它主要针对的就是日本国内市场。这说明本土的外包的市场，也是在软件外包行业里很重要的一个部分。”

第一财经：按你的预测，5年之后，中国和印度在软件外包行业的这种“龙象之争”，大概会呈现怎样的局面？

“最近有篇美国人写的文章在印度引起了很大的震动。文章说，中国在三五年之内会和印度在市场方面产生很强的竞争。”

第一财经：主要是指软件这一块？

“对。印度的很多媒体都在反驳说，它们的位置是不可动摇的。但整个市场对人才的需求太大了，所有的客户都在全球寻找人力资源。这对中国很有利，会使得中国在这个领域快速地成长，尽管现在规模不大，但成长速度一定会高于印度。在IT服务行业，印度和中国将来会成为全球最重要的两个服务提供国。”

第一财经：我们也祝福东软未来能够越走越好，越走越高。

正如我们老祖宗的一句话——物美价廉。一个是质量好，一个是价格要有竞争力，再就是希望能把所有的新科技带给消费者。

——宏碁集团中国事业群总经理　赖泰岳

赖泰岳：新经销模式

赖泰岳简介

1953年出生于台湾。曾在IBM台湾公司工作10年。1987年进入宏碁，他在宏碁OEM、全球品牌、国际营运等不同业务部门担任负责人，现任宏碁中国事业群总经理。

宏碁集团简介

创立于1976年，是全球第三大个人电脑品牌，主要从事自主品牌的笔记本电脑、台式机、液晶显示器、服务器及数字家庭等产品的研发、设计、行销与服务，持续提供全球消费者易用、可靠的资讯产品。旗下共有Acer、Gateway、Packard Bell、E-machine四大PC品牌。近年来，个人电脑产品的出货成长率在世界名列前茅，2007年合并营收达140.6亿美元。目前全球员工总数5 300人，产品销往100多个国家和地区。

“在宏碁的‘新经销模式’里，渠道就是销售人员。在这个架构里，渠道自己经营，获取自己的利润。”

源于台湾的宏碁，目前是世界处于领先地位的电脑厂商之一，是中国企业的骄傲。在PC进入微利时代，厂商齐陷渠道迷阵，宏碁却野心勃勃。2005年，为了扭转宏碁在大陆市场的低迷局面，赖泰岳将他在欧美市场取得成功的“新经销模式”引向中国。

坚持经销

宏碁所谓的新经销模式，就是坚持只做经销，不做直销。

一段时间以来，宏碁给人一种在欧美市场发展较为顺利、在中国市场却不太得力的印象。但是从2005年第四季度开始，宏碁中国在新任总裁赖泰岳的推动下开始发力。据2006年各大市场调研机构第一季度调查资料显示，宏碁电脑在中国的出货量已经跃升到第4位，与排名第3的惠普仅相差2 000台。

宏碁的增长速度引起了业内人士的关注，但2006年年初，一向给人高品牌、高价格印象的宏碁，却推出了一款4 999元的低价笔记本电脑，

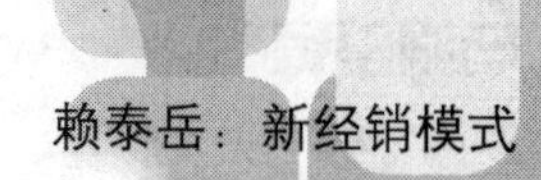

不禁让人们对它业绩提升的原因揣测纷纷。

第一财经：宏碁现在笔记本电脑业绩的大增，是不是低价甩库存的原因？

“甩库存的说法纯属子虚乌有。事实是，我们 4 999 元价位的电脑卖得最差。”

第一财经：卖得最好的是什么价位的电脑？

“6 000 ～ 8 000 元的。”

事实上不仅仅在中国，2006 年，宏碁在全球也凭借其 5% 的市场占有率和 41% 的增长率，继续保持着全球第 4 大电脑品牌的领先位置。而对于这种状态，赖泰岳有他自己的见解。

第一财经：宏碁能够在全世界的计算机行业占有这样的地位，最主要的是靠什么？

“靠的是宏碁的新经销模式。在这个模式里，我们非常明确一个概念：只做经销，不做直销。”

在 PC 业打拼了 30 多年，赖泰岳很清楚销售模式的重要性。传统 PC 销售是通过各级分销商和经销商卖给消费者，成本因此层层叠加。而戴尔却用网络和电话的直销模式出货，减少了销售环节的叠加成本，价格更为低廉。当戴尔凭借直销模式一扫千军，成为全球第一大电脑品牌之后，许多厂商在分销还是直销的选择中，陷入迷茫。

“国际性厂商也试着要做直销，但一做直销，分销就做不下去了，因为它设定的直销价格导致分销商没有利润。它如果还想用分销商，就只能自己亏钱卖。”

在大多数厂商转向直销，或直销分销混合模式的时候，宏碁却坚持“百分之百依赖渠道”、但又不同于传统分销模式的“新经销模式”。赖泰岳眼中的“新经销模式”新在三处：一是最适化的渠道架构，二是最低化的营运成本，三是最优化的产品管理。

凭借这三把利剑，宏碁的“新经销模式”在欧美市场取得了相当的成功。随后，它又开始试水中国内地市场。在实行“新经销模式”前，宏碁中国曾独自管理大小 1 000 多家经销商，管理成本高昂，效率低下。2005 年 7 月和 9 月，赖泰岳对原有的渠道进行了大刀阔斧的改革，先后确定了英迈国际和神州数码作为它的内地分销商，统管渠道。

第一财经：宏碁基本的思路还是通过代理商，不搞直销。那么现在的“新经销模式”跟以前的那几次变革相比，最根本的不同是什么？

“最根本的差别就在于我们对所扮演的角色的认知有所不同。以前我们很容易掉进一个误区：觉得所有的事情都由我们自己来掌控最不会出纰漏。原来宏碁中国在做全国分销的时候，把比较大的经销商当成了全国总代，让其扮演我们以为的分销商的角色。但其实这些经销商并没有分销商的架构平台：分销商要能够提供物流链的平台，要有仓储的能力，还要有一定程度的资金流的支持。现在，我们认清了这个事实，于是在国内的市场找了全国和全世界最大的分销商，他们的分销专业能力比我们强，我们就把这个工作交给他们。”

类似于将制造外包给 OEM（Original Equipment Manufacture，定牌生产合作）厂商，宏碁将渠道也外包给专业的分销商，由他们提供资金流和物流支持，宏碁则以协调者的身份，使供应链更为通畅。

第一财经：那么你现在是跨过英迈和神州数码去管分销商，还是完全不管了？

"管。当初我们作这个转换时，原有的103家经销商都很担心他们原来的角色和利润会被剥夺。我跟这些经销商说，你们一点都不用担心，你们是我最重要的客户，我一定保障你们原有的三亩六分地的权力，该有的利润我一分都不会少给。分销商只是去做宏碁原来没有做好的那部分工作，为经销商提供专业的物流跟资金平台，所以对经销商没有影响。当然，分销商也不能随意引进经销商来打击原来分配好的经销商，我们必须要优先照顾好原有的这些经销商。而至于未来发展的蓝图，将由宏碁与分销商共同规划。"

成本优势

赖泰岳认为，正是因为跟渠道商有一个很好的价值分工，"新经销模式"的渠道成本与直销相比，就变得相当具有竞争力。

与传统的经销模式相比，由于只需对供应链进行协调，"新经销模式"成功地降低了成本，调整后的宏碁中国从原来的400多人减少到了现在的200人。

第一财经：如果刨除所有的销售成本，宏碁和戴尔机器本身的成本相比，谁的高？还是一样？

“戴尔可能会有一点优势。”

第一财经：戴尔稍微便宜一点？

“对，因为它的量特别大。”

第一财经：那么除了机器本身的成本之外，其他主要两块成本，一个是销售的成本，一个是推广的成本。戴尔的销售实际通过电话和网络两个渠道。在我们的印象中，这已经是很直接的方式了，因为都是虚拟化的。那么宏碁靠什么把货从仓库里直接送到消费者手中？这中间要经过几个环节？

“我们以为戴尔就是靠电话和网络销售，然后就交货了。实际上，这并不是戴尔最主要的生意。戴尔所谓的直销，其实要养很多销售人员。戴尔要做生意，要把产品卖给最终消费者，该做的事情，戴尔并没有少做，这里并没有魔术。该跟供应商谈，还是要谈；该发展什么产品，还是需要专业的产品管理人员去处理；产品从工厂做完了以后出货，该运送到哪里，还是要送；货运到的时候，还是要有人去跟客户核对：所有该做的事情还是都要做，戴尔整个销售价值链本身该做的事情并没有少做。”

第一财经：但在这个过程中，所有的人都是戴尔自己雇用的员工，并没有其他机构或者团体在中间预留利润。宏碁用代理商这种模式的话，最起码也要给代理商一个能够生存的利润。相比之下，宏碁的成本是不是就高了一些？

“当直销业绩成长的时候，营运成本也是跟着增加的；当业绩快速增长时，营销费用的增加比例也会变大，因为需要更多的销售人员去管理、去维持营运。但在宏碁的‘新经销模式’里，渠道就是销售人员。在这个架构里，渠道自己经营，获取自己的利润。所以当业绩成长的时候，只要再布建这样的一些点来推展产品就可以。假设我原来的营运成本是4个点，如果业绩是100元，那营运成本就是4元，也就是说，营运模式做分配的时候，需要拨4元做营运成本；但是当业绩变成200元的时候，营运成本4元基本不增加。那么对我来讲，营运成本反而下降了。”

第一财经：运营成本分摊了，对吧？

“对，它可能变成了2.5个点，也可能会多一点，因为售后服务还是需要增加的，但很多基本的架构是不增加的，只是在渠道上有所增加而已，所谓“得道多助”。渠道有自身的三亩六分地，我给它一定的利润点，它就有自己发展的空间了。所以当这些布建越来越多的时候，营业额就得到快速增加，但同时营运成本的绝对值并没有增加多少。所以按照比例来讲，如果业绩变成两倍的时候，营运成本几乎降了一半，就变成了利润。然后我把这部分利润反馈给消费者，反映在市场定价或者是一些馈赠奖励上，再让渠道多得到一些利润。所以在我们的这个模式中，当营业额和利润增加的时候，竞争力也越来越强，并且越滚越大。相对而言，当直销模式营业额增加的时候，它本身的长期负担越来越大，风险也越来越大。戴尔的财政报告显示，它以前的利润都是8个多点，现在降到了7个多点。”

第一财经：从利润率的这个角度来算，戴尔要保持七八个点才行。

“对。如果掉到7个点就够呛了，快下台了；掉到6个点，根本就不要干了，股价可能一路狂跌。而宏碁只要做到两三个点就足够了，有3个点，大家就觉得不错了。”

赖泰岳进一步举例说，假设宏碁的销售增长两倍，营运成本将会从过去的7%降到4%。那么，宏碁就会用这节省下的3个点，回馈给分销商和消费者，让产品的性价比更高，更有竞争力，回过头来又可以刺激更大的销量，形成一个正向循环。

“假设我们的营业额增长两三倍的时候，我们的营运模式的竞争力就跟戴尔的直销一致了，而我们的成长速度可能已经不止3倍了。”

决策制胜

与许多跨国公司复杂冗长的决策过程不同，宏碁在“新经销模式”中坚持最低化营运成本的理念，使他们的决策过程简洁而高效。

在宏碁的“新经销模式”中，最低化营运成本是关键一环。在这个环节中，决策层的决策速度和管理效益也起着重要作用。在PC业，新科技往往代表着更强的功能、更高的质量和更低的成本。谁能够把最新的科技在最短的时间带入市场，谁就能赢得市场先机。

“宏碁全球的运作有一个总部，这个总部是虚拟的，就是我们9人小组，散布在世界各地。我们有2 000人在一个办公大楼里面，这是我们的世界总部。但真正代表总部的，其实是这个9人小组。”

9人小组的成员都是宏碁在全球各地的主管，而赖泰岳是这9人小组的负责人。他们每个季度会碰面一次，每个月还会开很多视频会议，甚至有时能在半小时内做出一个全球性决策，并立即执行。

“我们这个9人小组可以在很短的时间里，确定未来市场所需产品的走向。我们9个人加在一起，在IT产业的经验超过200多年了，所以对每个领域都有所了解。因此当我们决定未来产品走向的时候，准确度是非常高的。”

产品管理在宏碁的“新经销模式”中，与渠道和成本同样重要，只有产品得到市场认可、销售量不断提升，才能增强渠道商的忠诚度，并使成本不断下降成为可能，这就保证了整个经销模式的良性运转。

第一财经：宏碁希望留给全球的消费者什么印象？

“正如我们老祖宗的一句话——物美价廉。一个是质量好，一个是价格要有竞争力，再就是希望能把所有的新科技带给消费者。”

第一财经：你将宏碁在全球这几年迅速攀升的主要原因归结为销售模式的成绩，这会不会让很多真正懂电脑的人有些失望：原来是因为你会卖，卖得好，但在科技方面却没有什么值得夸耀的东西？

“宏碁有一个关怀科技的研发小组，关怀在英文里叫care，把Acer的字母顺序重组就变成care了，两者有一定的相关性。这个小组要做的就是满足消费者需要的技术，比如我们常常会碰到这样的状况：用笔记本电脑做简报的时候，插上投放机不匹配，要重新设一大堆数据，不是技术人员可能还搞不出影像来。但是宏碁笔记本电脑就有一个关怀科技的键，只要一按就进入程序，简单的选取后就能自动设定。”

第一财经：其实宏碁在全世界出名也是因为笔记本电脑，那宏碁为什么不集中更多的优势去发展笔记本电脑，还一直做着台式机？尤其在中国做台式机，几乎挣不到什么钱，一台机器也就挣一两百块钱。

“我们现在看到的台式机跟以后的台式机，在观念上可能是不一样的，以后的台式机会走进数码化家庭。”

第一财经：变成家电类的东西？

“是的，变成家庭的资讯管理中心、娱乐中心，等等。因为电脑本身有交谈的功能，虽然不知道它以后的名称叫什么，但从功能上来讲，它可能取代家庭里所有有声音、有影像的电器。”

第一财经：跟电器相关的？

“是的。这个主机将来甚至有可能进行无线连接，跟未来的PDA手机或者类似的智能型手机通过无线通讯全部串在一起。即使人在外，也可以通过这些完全清楚地了解家里的状况，甚至可以通过摄像设备来进行安全监控。”

第一财经：宏碁有能力把这些新的技术带入台式机，以产生更多的利润吗？

“很多技术已经是现成的了，只是一个逐步结合演进的过程。我们一直在观察这个产业，随时密切关注着，后续的市场还是很大的。”

第一财经：你个人是技术迷吗？特别喜欢新产品、新功能吗？

“基本上不是。虽然学的是电子工程，但我最喜欢的其实是中国古典文学。”

人家可能只有一元专业化，我们德力西可能是二元、三元、四元，甚至五元专业化。

——德力西集团董事局主席兼CEO　胡成中

胡成中：力超德国西门子

胡成中简介

1961年出生于浙江温州。1984年创建德力西，在其带领下，经过二十多年的拼搏，德力西从一个家庭作坊发展成为国家大型工业企业。

德力西集团简介

集团以生产高中低压电器、输变配电气和工业自动化控制电气为主，同时涉足综合物流、交通运输、矿业能源、环保工程、再生资源、金融服务等产业。现有员工14 000余人，下属公司70多家，协作企业1 000多家，在国内外设有销售网点1 600多家。集团现有总资产50多亿元，品牌无形资产28.28亿元，综合实力位居中国民营企业500强前列。

德力西把成绩作为新的起跑线，坚持自主创新，科学发展，走市场、品牌、技术、生产、人才、管理、资本国际化的道路，努力把自己建设成为具有强大国际竞争力的卓越企业。

“施耐德的路子要学，因为它在低压电器方面是很专业的，和我们是同行。但是西门子的路子也要走，它也是专业化，每一行走出来都是要做专业化的。”

要把企业做大，让企业上规模，是胡成中心中的一个冲动，也是他今后的一个奋斗目标。

从低压电器发家，现在在6个领域拓展，有人说温州德力西是多元化发展的典范；有人却认为它暗藏危机——6个专业领域互无关联，地域遍及大江南北。低压电器市场竞争激烈，同行对手虎视眈眈。如果想把企业做大，这些就是胡成中要过的坎儿，也是很多中国民营企业要把企业做大做强都必须迈过的坎儿。

克敌制胜

胡成中认为，制造业向中国转移，是非常有可能的。

在中国，温州是民营企业最集中的地区之一。柳市镇隶属温州，面积只相当于上海一个区，却聚集了上万家低压电器生产企业及零件配套厂家，占据70%的中国低压电器市场，被称为“中国低压电器之都”。

经过20多年的发展，柳市低压电器业已经形成了金字塔形的格局，正泰、德力西、人民等少数几家公司占据顶端，相互之间竞争激烈。在国内行业老大正泰集团的正门口，老二德力西树起了自己“助飞神五”的巨幅广告，很多人把它看成是同城对手间的公然叫板。

第一财经：有人排这个名次，说还是正泰在前面，德力西是第2位，后面有人民电器在追着，我不知道你自己怎样认为。如果是这个排序的话，你这个第2位的感觉，是更多地去追赶前面的，还是更多地提防后面的？

“我平时常说这两句话：外有老外，内有老乡。老乡这块固然要重视，但我更重视的是老外这一块。”

第一财经：你更重视对付老外？

“对，我的标杆企业是老外的企业，而不是柳市这些企业。”

虽然口头上对同城对手不重视，但胡成中最不敢轻视的，恰恰就是柳市镇上的同行。业内常用“两大一小”来描述国内电气市场格局，作为低压电器行的老二，德力西前有堵截、后有追兵，于是价格战往往成为它克敌制胜的杀手锏。

第一财经：打价格战，你承认，还是不承认？

“这种说法不对。”

第一财经：你不承认？

“不承认，因为我是低压电器协会的会长，如果价格太低的话，压力也是很大的。现在都在谈同行之间的联盟，我认为首先应该是价格联盟，把价格游戏规则搞好，否则不是你杀我就是我杀你，最后大家都没有利润，研发的资金也没有了，走向恶性的循环。因此应该搞好价格联盟，大家都走上良性循环，这是我当会长的职责，那我又怎么会带头杀价呢？这是不可能的。”

第一财经：媒体还有一个比较好奇的就是，2004 年你们这个行业的原材料都在大幅度涨价，但德力西没有提价，而且销售额增长了百分之五六十，利润也增长了很多，你是怎么做到的？

“前几年的利润可能更多一些，这几年原材料涨价，我们没提价，也没有降价。当然反过来说，原材料涨价了，不提价，其实也就等于是在降价，这也讲得通。同行没提价之前，如果你先提，可能会对你的市场份额产生影响。所以我认为最近这些企业一起来谈价格联盟，是有一定道理的。”

第一财经：所以你认为你的利润是因为你没提价，占据了别人退出来的利润空间，是吗？

“因为市场份额增大了，比如说我的某个产品，以前做了 10 个亿，现在涨了 50% ~ 60%，就有十五六个亿了；即使原材料也上涨 50% ~ 60%，但整个销售额大了，绝对值大了，当然利润的空间就多了。不过算起单件利润来，还是没有原来那么高。”

2004 年原材料价格暴涨，行业老大正泰集团组织同行共同提价，自己好借机往中高端领域发展，不想德力西没有提价，反而借机抢占了市场。在国内，德力西用价格拖住对手的脚步；在国外，价格更成为它攻城略地的法宝。2004 年，德力西主攻欧美、中东和东南亚市场，并以

4 800 万美元的出口额，稳居中国低压电器出口第一大户的位子。

“我举个例子，C45，一种电表下面的小开关，像这种开关，我们在国外销售价格大概是 1 美金，或者几十美分，而跨国公司的销售价格起码是 3 美金以上。”

第一财经：你卖 1 美金，是已经没有多少利润了，还是有很大的利润空间？

“应该说有利润。在国际市场上，我们的纯利润在 5% ~ 10%，也就是说利润空间没有那么大。我们的策略就是先要占领市场，以后再提价格。我们这次在南美的阿根廷就遇到 ABB 公司（Asea Brown Boveri Ltd.），ABB 公司说我们是反倾销，价格低，最近正在调查。这场官司估计我会赢的，因为营销成本、财务成本，包括零部件的成本，都有依据可查，都有增值税发票，我们的利润是多少，也是很明白的。”

第一财经：那么，你们最大的优势在哪一块？成本上跟它们相比哪一块最有优势？

“在柳市这个中国电器之都，零部件都是专业化生产，专业化的分工很细，就像瑞士生产手表一样，零部件在其他工厂，它拥有品牌，最后组装。当然，我们现在就是掌握了核心的技术、设计，比如关键的零部件，必须我们自己生产，其他的产品都在外协企业。如果一个企业就生产这么一个部件，成本肯定是最低的。”

第一财经：那劳动力本身是不是也有低成本的效果？你的企业并没有实现全自动化，流水线上还坐了很多的小姑娘，为什么会这样？

“生产电器20多年了，参观、看过太多的国外企业，它们在国际上现在确实是处于非常先进的地位，但是人均装配的成本也是比较高的。比如拿C45开关来讲，我现在这条线投下去是500万。”

第一财经：人民币？

“人民币500万，但我用20个工人。国外的，它可能要投1个亿。”

第一财经：都按人民币来算？

“按人民币来算，投1个亿，那么只用一两个人。那么这样算下来，我们给工人付的工资，20个人，每人2万元的年薪，一年共40万。而国外的设备，1个亿投入，每年利息就是500万，设备还有折旧。所以我们现在前道工序，就是装配这一块，是用人工的，后道检测设备全是用微机自动检测的。也就是发挥我们劳动力低成本的优势，既能完成后道工序，又能控制质量，所以这些设备，我们称它半自动。人家是全自动，我们是半自动。”

第一财经：你存心要半自动？

“存心要半自动的。我们的C45卖给日本，最多8块钱，而它们自己全自动生产出来成本多少？10～12块。所以它们这些流水线一跟我们合作，像日本，合作3年，自动生产线就趴下了，再也不投入生产了。”

第一财经：再生产已经不划算了。

“不划算了，所以制造业向中国转移，是非常有可能的。”

积极拓展

在胡成中看来，任何一个行业要做出来，都得走专业化的道路。

依靠区域内精密的产业分工和低廉的劳动力成本，德力西和柳市镇2 000多家低压电器企业共同发展起来，但由于市场容量有限，许多完成原始积累的企业碰到了发展的天花板。

从1999年开始，德力西掀起了一波多元化发展的高潮。1999年，德力西兼并杭州西子电器，把产品线延伸到电度表；2000年，德力西兼并收购了新疆旅客运输公司、新疆生产资料公司等，并且成立了吐鲁番葡萄股份有限公司；2003年，德力西又与北京物美、安徽南翔、河北新奥联合组建了德美奥翔投资有限公司，并在10多个城市圈地近2 000亩，宣称要以500亿元建立全国物流网络。

从电度表、房地产，到交通运输、物流，胡成中显然还没有满足，德力西随后又涉足再生资源、金融领域，并宣称将要进入军工领域。

第一财经：有人猜你是做多元化经营的思路，不知道你自己承认不承认。也就是说，通过多元化，特别是进入一些金融之类的产业，能融到更多资金来支持你在电器领域的攻城略地，你搞多元化是为了这个目的吗？

“我觉得首先是要把我们的主业做精、做强、做大、做优。电器这一块，它本身自己就能发展。当然，通过资本经营，通过其他的一些经营，产生的利润可能会更高一些，这些集团可以互相调节的。按我们电器行业通常的规律来讲，一般的投入技术开发是3%～5%，国外的是10%。

我们怎么投入10%？本身的利润就只有5%～10%，不可能全部投在研发上。那我可以调其他的资金，其他产业产生的利润，让这些产业暂时慢一点发展，电器行业快一点发展就可以。应该说，我们民营企业发展的机会比较多，发展空间也很大。所以我们现在对其他的产业，也是按照专业化去做的。人家可能只有一元专业化，我们德力西可能是二元、三元、四元，甚至五元专业化。而且我们这个专业化也是要把品牌做出来，做成产业链，做成产业化，做成连锁，一定要上规模，这样将来德力西可能就是五元专业化、十元专业化。”

第一财经：那些产业不是为了电器服务的，而是让它们自己也都能够发展起来？

“那些肯定要做专业化、产业化的。”

第一财经：会不会太贪心了？毕竟一个人的精力是有限的，一个企业的精力也有限的。你做一样做好了，在中国已经算很不容易了。你做六元、七元，希望每一元都做得那么好，最后会不会顾此失彼？

“不会，我很自信地说不会。为什么这么说呢？国外的公司有很多例子，中国的公司也有很多例子，单元的专业化，也能做强、做大、做优，只是可能发展的步子慢一些；多元的有成功，也有失败，像你刚才讲到的，精力顾不上了，人力顾不上了，或者管理的链太长了。我选择的行业，首先肯定是符合国家的产业政策，我必须要把风险锁定。法国施耐德公司就是专业做低压，它甚至连高压都不做，只做低压电器，它去年做到80多亿欧元；西门子公司是多元化的，做到了1 000多亿欧元。这两个公司都比较老，当然低压电器还是施耐德强，但施耐德的整体规模没西门子那么大，而且就整个公司的科技含量和水准来说，也是西门子高。我觉得我们德力西的发展路子，也是借鉴了国外公司的一些成功例子。”

第一财经：你想学西门子而不想学施耐德，是这个意思吗？

“不是，施耐德的路子也要学，因为它在低压电器方面是很专业的，和我们是同行。但是西门子的路子也要走，从原来低压电器发展到高压电器，像火车上的电器、军用上的电器，包括家电，还有医疗的一些电器，它都生产，那它就不是专业化吗？其实它也是专业化，每一行要走出来都得做专业化。”

第一财经：但它毕竟还是在一个行业的领域里上下游扩张。而你这个又做物流，又做环保，又是房地产，谁跟谁都不挨着。

“国外的公司，像GE，它有些产业也不挨着，它可能首先收购世界上的第四大公司或者第五大公司，完了把它做成第一第二。我们现在也是一样，有些产业收购了一些企业，比如收购了新疆客运公司以后，就要向沿海扩张，将来可能在旅客运输这一块做成中国最大的企业。在物流这一块，我们现在在全国已经做了五六个地方，如果有三四个起来的话，综合性物流这一块在中国也肯定是最大的。”

第一财经：你在做这些新产业的时候，是从头到尾都做，还是只作为投资商的角色呢？

“每个产业都不一样，有些是参股，有些是控股，有些则是从头开始做。比如环保垃圾发电这一块，我们就从头开始做，技术也是现成的——有国外的或者浙大的，像做电器一样，一个个地去做。而物流这一块，别人早就做了，我们进来以后有些地方是我们控股的，这个进入过程也是非常快的。”

第一财经：一天24小时，或者一个星期7天的时间，你有多少是放在原来一元的电器上，剩下有多少时间是顾着那五元、六元的？

“50%的时间在原来的电器主业上面，50%的时间在其他方面，电器这里50%也应该足够了，因为原来培养了很多团队，有很多人。”

第一财经：我相信这50%是足够了，那50%能把五元、六元都弄起来吗？

“应该没问题，因为我们每个专业化团队里面都有个头。我自己现在管三件大事：第一个是管大额的资金；第二个是管人，就是高级经理人；第三个就是管战略。我主要负责这三个方面，我是董事局主席兼CEO，CEO主要是兼电器这一块的CEO。”

与德力西如火如荼的多元化相比，对手正泰集团却一直把精力放在电器主业上。反对者常拿正泰的稳扎稳打质疑德力西，认为其是机会主义；赞成者则认为中国企业要迅速壮大，走战略投资之路是必然选择。

第一财经：反过来说，如果做不好的话，你认为陷阱是什么？如果出问题的话，会出在哪儿，你有预期吗？

“我都很科学地分析过，而并不是像外面所说的那样：胡成中搞了电器以后，嫌企业小，又想怎么怎么样做大。我觉得这是符合市场经济发展规律的。至于有的人不想做其他的，你也不能强迫他，那谁也没办法，我就做做这个挺好了，也不错。我觉得将来按照自己这个路子走，可能会发展得更好一些，更快一些。”

第一财经：你自己有没有一点担心，当你的精力，特别是你的资金，这些硬资源投到其他领域的时候，别人偷袭你的大本营，尤其是低压电器这一块？

“这不太可能，因为我觉得做事要量力而行。比如一个项目，我没有把握锁定风险，我是不会去做的。换句话说，万一这个项目失败的话，对总部、对德力西主业是没有影响的，我才能去做。”

第一财经：你砍掉就行了。

“砍掉就行了。”

第一财经：所以你的原则就是，不管怎么样，还是要保主业的？

“对，保主业。”

国际合作

胡成中一方面想借助多元化投资迅速提升企业资本实力，另一方面还希望通过与跨国电气巨头的全面合作，用市场换来技术、渠道和品牌，并最终迈上国际化的道路。

创业之初，胡成中给企业取名“德力西”，就是想实现“力超德国西门子”的梦想。但经过20多年发展，深入了解西门子等跨国电气巨头的实力之后，胡成中深深感到，中国民营企业要想超越经过百年历练的跨国巨头，并非易事。

第一财经：在低压电器上，你是感觉压力很大，还是觉得胜券在握、王牌都已经在你的手里了？

“作为中国电器之都的这几家企业，包括我们德力西，我觉得优势非常大。那么，我觉得目前的劣势就是国际化的网络、国际市场的网络，还有品牌的附加值。比如我们和国外公司的产品质量都是一样的，我们卖8块人民币，它卖3美金，是我的3倍，甚至还有5倍的，就是因为它有国际化的品牌。”

没有国际化的品牌和网络，没有跨国并购的资金实力，要想升级成为一家跨国企业很不容易。因此，胡成中一方面想借助多元化投资迅速提升企业资本实力，另一方面还希望通过与跨国电气巨头的全面合作，用市场换来技术、渠道和品牌，并最终迈上国际化的道路。

“和国际大公司合作，它有国际化的网络，它的技术含量比我们高一些；而我们既有成本的优势，还有机制的优势，因为我们是民营化企业。这几年，基本上国外的这些大公司，我们都有接触，都在谈。为什么谈那么长时间呢？现在谈起来不是合作某一个产品，而是整个公司，包括低压的、高压的，成套的，要全面合作。”

第一财经：你的底线是什么，有些什么原则是你在合资中一定要坚持的？

“第一条原则就是股份的比例，我认为要50%对50%。当然根据中国的《公司法》，它们认为要51%股份。我觉得51%和49%也是一样的，50%对50%和51%对49%都是一样的概念，就是统计报表而已。比如说外方公司是上市公司，如果占51%股份的话，它就可以将资产全部纳入统计，50%的话只能统计50%，49%只能统计49%，不是哪个被哪个吃掉的问题，我51%就吃掉它？不可能的。完全有决策权，必须拥有2/3股东以上，也就是说要占股份67%以上，才能真正的绝对控股，哪怕我有64%，也不是绝对控股。因为根据中国《公司法》，重大决策是要通过2/3股东的。我目前跟国外公司谈，基本上股份比例是50%对50%，你50%我也50%，才可以做。第二条原则就是要打双品牌，必须要打上德力西的商标。国外的商标要打上去，合资公司的商标要打上去，我们德力西的商标必须打上去，双品牌。第三，必须要在温州生产，因为温州有很多的优势。在这三条原则的前提下，其他都好谈。”

第一财经：我往坏处猜，会不会有这种可能：比如你跟国外的一个大品牌合作了以后，因为德力西在国内渠道的优势，在国内确实卖起来了，但是由于种种原因，往外销的反倒少了，这种结果会出现吗？

“你这个问题问得很对。当然，国外的公司也考虑到这点了，德力西原来在中国走的是中低端，在国外也是中低端，而国外公司在国外市场的中低端并没有优势，在中国也没有多大优势，利用德力西的品牌以后，它中低端的市场就大了，那这个金字塔就丰满了，对吧？”

第一财经：如果已经是很著名的国外企业，它还会很看重这点吗？

“非常看重。国外市场这一块，我们去年就增长了60% ~ 70%，我们大了以后，它势必在萎缩。”

第一财经：所以它把你并进来以后，等于它又复原了。

“对，它又复原了。”

第一财经：但是我很好奇，一定要合资吗？不合资，能不能生存下去呢？

“不合资，你认为你自己的企业生命力有多长？我可以告诉你，二三十年没问题。我毕竟也四十多岁了，到我六七十岁，这个企业肯定还能生存，对此，我胸有成竹。也就是说，我不跟你合资，也能生存，也可以发展得很好。但合资的话，可能会发展得更好。”

我们的战略就是，你骚扰我的大众化市场，我要骚扰你的高端市场——我们就是用“佰草集”这个品牌去骚扰他的高端市场。

——上海家化联合股份有限公司董事长　葛文耀

葛文耀：与跨国公司共舞

葛文耀简介

1947年出生于上海。1985年担任上海家化的前身——上海家用化学品厂厂长，在5年内使这个作坊式的老厂资产增长15倍。上海家化联合股份有限公司现有净资产10个亿，已成为中国化妆品行业中规模最大的本土企业。葛文耀担任公司董事长。

上海家化联合股份有限公司简介

作为国内化妆品行业首家上市企业和国内日化行业的支柱企业，上海家化联合股份有限公司是国内日化行业中少有的能与跨国公司开展全方位竞争的本土企业，拥有国际水准的研发和品牌管理能力。随着日化行业对外资全面开放，上海家化凭借坚持差异化的经营战略，在充分竞争的市场上创造了“六神”、“佰草集”、“美加净”、“清妃”、“高夫”等诸多中国著名品牌，占据了众多关键细分市场的领导地位。

“中国是两元化市场，有一个比较高端的市场；还有一个比较大众化的市场，而且大众化的市场还要持续10年、20年，甚至更长的时间。”

中国的化妆品市场是全世界最大的新兴市场，销售额以平均每年23.8%递增。同时，它也是中国开放程度最高、竞争最激烈的市场之一，包括知名跨国公司在内，共有4 000多家企业在这里同场竞技。在这场争夺战里，有一家本土企业不仅没有在联合利华、宝洁等跨国巨人的强大攻势下垮掉，还在花露水和沐浴露两个领域连续数年保持市场占有率第一的地位。这就是上海家化。

在激烈的化妆品市场争夺战中，葛文耀的做法被《哈佛商业评论》视为以弱战强的典型案例。他试图说明，本土企业也能与跨国巨人一比高下：“发展中国家的企业也能凭借自己特殊的方法，跟跨国公司的产品竞争。”

中国特色

面对中国乃至全球巨大的化妆品市场，中国企业如何顶住外来压力甚至在海外市场与洋品牌共舞，葛文耀给出了他的特殊方法。

第一财经：在思考经营策略的时候，你主要的竞争目标是来自国外的洋品牌，还是国内新起的一些民营企业呢？谁对你的市场压力更大一些？

“我们现在主要是跟国际洋品牌竞争。它们有成熟的经验，有强大的经济实力，而且不怕短期亏损，仍能大量地投入营销费用。”

第一财经：你觉得和这些洋品牌比较，上海家化处于弱势的是经营，还是产品的质量？这两者哪个更弱一些？

“我觉得主要的差距还是整体的经济实力。国外的一些大公司已经经营了几百年，有几百亿美元的销售收入，资产庞大。它们来中国经营是为了抢占市场，所以即使亏损，也会投入几十亿的广告。它们觉得只要一旦把市场抢下来，品牌在消费者心目中牢牢树立起来后，销售就会增长，就会有赢利。这是它们的一个战略。”

20世纪90年代，国际化妆品巨头纷纷进入中国化妆品高端市场。这些跨国公司不仅资本雄厚，技术先进，还拥有优质产品和知名品牌。在市场营销和管理方面经验丰富，洋品牌的闪耀光环也让大量追求时尚的年轻人着迷。当时，究竟是去模仿对手，还是在市场中另辟蹊径，葛文耀面临选择。

“中国其实是一个两元化的市场。七八年以前我就讲过，假如中国当时的消费水平达到日本、美国的水平，中国的民族企业都要死掉。幸亏中国是两元化市场，有一个比较高端的市场，还有一个比较大众化的市场，而且大众化的市场还要持续10年、20年，甚至更长的时间。在高端的市场，外资企业比较强；在大众化的市场，中国企业比较强。现在国际化妆品巨头开始进军中国市场。家化的竞争策略就是，一定要在大众化的市场上树立起‘六神’这样的品牌，做一个要成功一个，要站得住脚，我们比较了解这个市场的消费者。费用成本比较低，这是我们的优势，而外企的费用比较高，1个老外的工资相当于100个中国工人的工资。”

葛文耀没有与跨国公司在高端市场上展开正面争夺，他把目光投向了仍然眷顾传统产品的中低层消费群体。他利用中国人对传统中医药的信任，推出了具有祛痱止痒、清热解毒功能的“六神”花露水，并利用消费者对这一产品创意的认同，衍生出了具有同样功效的“六神”沐浴露。在产品价格上，他更侧重于追求实惠、数量巨大的中端消费层。结果，“六神”花露水几乎垄断了中国花露水市场，“六神”沐浴露则成为沐浴露市场中销量最大的品牌。

“‘六神’沐浴露是1994年全面推出的，比一些国际大公司的沐浴露推得晚，到现在为止，它经历了很多竞争。一些洋品牌投入的广告费是我们的5倍，而且它们还跟我们打价格战，‘六神’沐浴露的价格比现在市场上一些国际品牌的沐浴露的还要高一点。尽管这样，我们还是保持第一的位置，市场占有率大概是12%～13%；特别在夏季，5月份到10月份，市场占有率还要高一些。我们跟这些国际大公司打了好几年，我们还是牢牢地站住了，因为我们的沐浴露品质比较好，符合中国人的消费习惯。”

葛文耀的本土战略使上海家化在市场开放初期抵御住了冲击，并为公司提高产品质量和营销能力赢得了时间。但随着跨国企业在中国立稳脚跟，新的市场争夺战再度打响。2003年12月，全球排名第一的化妆品公司法国欧莱雅宣布收购中国护肤品牌“小护士”。舆论普遍认为，这是跨国企业依仗资金、品牌实力，通过整合，对中国中低端化妆品市场进行渗透。与跨国公司进入中低端领域相对应的是，上海家化开始进入一直被跨国企业盘踞的中高端市场。从1998年开始，上海家化着力打造高档化妆品品牌“佰草集”。同“六神”系列一样，“佰草集”强调的也是中医药独有的平衡理论和整体观念，并以连锁专卖店的形式在中国铺开网点，同时准备打入跨国公司的大本营之一——欧洲市场。

“在高端市场上，家化也有对策，‘佰草集’就是属于细分化的产品。”

第一财经：“佰草集”所走的较高端的路线是什么样的？

“‘佰草集’的价格比那些大公司产品的价格还要高，是以连锁的形式做的。在国外，草本精华很多，Body Shop 很多。但‘佰草集’的特色在于，充分发扬了民族特色，依据中医原理，用中草药制成，耗费了四五年的研发时间。这是我们独有的一套理论，是别人所没有的。所以‘佰草集’最近两三年发展得比较快，以百分之六七十的速度在增长，特别是在办公室白领中的口碑非常好。而且最近欧洲的一个零售商计划要跟家化在中国要搞一个合资企业，他在全世界有 1 000 多家化妆品的专业商店，他愿意把‘佰草集’摆进去卖。因为欧洲市场对中草药的印象比较好，并且好感度在上升。所以我们的战略就是，你骚扰我的大众化市场，我要骚扰你的高端市场——我们就是用‘佰草集’这个品牌去骚扰他的高端市场。”

第一财经：你会采取哪种策略，是集中力量发展自己的品牌，还是也会用现金去收购一些比较不错、正在成长的国内企业？

“我们在大众化的市场上主要是发展自己的品牌，因为空间还很大。前几年我们在市场运作上还有些问题，资金的投入也不够。现在我们在做一些安排，希望能够投入更多的资金，做得更好，让自己的品牌有成长的机会。当然也可以收购一些同类的企业，大家合起来发展。我们上市公司的现金流量比较充足，到去年年底，贷款只有 6 000 万，但现金流量有 5 个亿，完全可以进行收购兼并。有些企业具有一定的市场份额、一定的知名度，但是缺乏比较强的R&D（Research and Development，研究开发）力量；家化拥有国家级的技术中心，最好的设备，最好的基础研究，在国外还有实验室。大家可以合作，我们提供技术支持，其他方面一起商量，比如外地企业的销售地域性等问题。在高端的市场上，我们还是发展类似'佰草集'这样的特色产品，也会跟国外企业联手做一些品牌。最近很多国外的企业来找我们合作，为什么？因为化妆品是一个细分化的市场，不像牙膏、肥皂、洗衣粉，它是比较同质化的产品，有特色才能在市场站得住脚。所以国外很多公司，美国的、法国的、日本的，要进入中国市场，都要找中国的企业合作。中国企业有经验，有销售渠道，可以帮他们销售，提供市场跟各方面的支持，大家联合起来做。我们也有可能像日本企业一样，在国外注册公司，注册品牌。现在我们在国外已经有实验室了，比如在法国有几个合作的实验室，注册品牌以后，就可以销售了。高端市场就是按照这三个策略来做的。"

逆水行舟

一面要应对跨国公司的激烈竞争，一面要应付"婆婆"的"安排"和"指令"，国企老总有一本难念的经。

上海家化是中国历史最悠久的化妆品企业，它的前身是成立于1898年的香港广生行有限公司。在竞争高度市场化的中国化妆品行业中，它作为大型国有企业非常显眼。在外资涌入前，上海家化曾是行业的领头羊。外资涌入后，它虽然凭借明智的本土市场策略立住了脚跟，但前进的脚步却明显放慢——目前上海家化整体实力在国内化妆品市场大约排在第5位。谈及原因，葛文耀倒了一肚子苦水。

“可能上面对我比较宽容，因为家化这几年经营得比较好，所以很少来干预我的投资、经营、人事。但一旦干预，就是大干预——让搞一个大集团，或者搞一些什么事情。这样的干预总共有3次。”

葛文耀说的第一次干预不少人还有印象。20世纪90年代初，中外合资的热潮涌动。作为中国化妆品行业中最大的国有企业，上海家化在政府招商引资的指令下，与美国庄臣公司合资成立了露美庄臣有限公司，上海家化把当时自己最具知名度的两个品牌——“美加净”和“露美”投入其中，交由外方全面管理。

“当时家化在中国市场占有率是16%，位列第一。1990年的销售额是4.5亿，占全国市场的1/6，第2名到第5名加在一起还没有我多。处在这样的强势情况下让我合资，老实说，我不舍得。但是当时从大局出发，我就同意了，留下块小的，把主要的品牌跟庄臣公司合资了。”

庄臣公司是世界领先的家庭清洁用品、个人护理用品和杀虫产品制造商之一。虽然当时有意向化妆品行业发展，但经营化妆品毕竟不是它的强项。由于经营不善，“美加净”和“露美”这两个曾经著名品牌的市场声誉逐年下降，面临被淘汰出局的危险。1994年，趁庄臣公司在全球范围调整产品线的时机，上海家化毅然出巨资回购“美加净”和“露美”，成为当时轰动一时的新闻。

“合资的代价和收益是什么？合资让我损失了4年时间，损失了国内第一的地位，我必须重新做起。但是我得到的是，我和我们的几百个骨干都在合资企业里受到了各种培训，理解了市场是怎么运作的，比如品牌经理制度、科研的方法等。后来每个岗位都有人回到家化，等于庄臣公司给我们做了一次培训。”

第一财经：相当于交学费了，是吧？

“真是交学费了。”

后两次行政干预发生在20世纪90年代中后期。1996年，为扶植上实日化在香港上市，上海家化又以大局为重，向上实日化让出了自己7 600万股股权，两家企业持股比例相当。这种安排为以后争夺谁是上海家化第一大股东埋下了伏笔。1998年，为了帮助政府进行国有企业的改制，上海家化第三次顾全大局，吸收兼并了连年亏损的上海日化集团公司，成立了上海家化集团。

“因为要消化掉日化集团，所以成立了家化集团，我比较多的精力都放在了家化集团。精力的确有些分散，导致家化自己这几年的变化少了一点，还是按照以前的营销方法、以前的生产方法、以前的管理方法，所以发展速度就慢了下来。这是我们自己的原因。2002年，日化的事情基本处理得差不多了，我又重新把重点放在考虑家化应该怎么发展上。另外，2002年也给我们敲了个警钟，那是家化增长最差的一年。”

第一财经：更早的就不说了，从近三五年来看，你觉得哪些行政或者国有资本的原因束缚了你们？

“日常经营没有，但在发展方向上有。上面找过我好几次，他说你是不是再搞一个大集团，把几个厂都合起来。单是搞大集团，已经找我两次了。这种干预还会有的，所以我在争取，争取改制。为什么要改制？第一，避免以后上面再有行政干预；第二，我招了很多人才进家化，但是我觉得有些地方，比如待遇，我亏待了他们，我希望改制能够给他们带去一部分利益。”

葛文耀所说的改制，指的是近几年风起云涌的MBO（Management Buy-outs，管理层收购），也就是国有企业管理层收购的浪潮。2002年4月，TCL集团进行了MBO，管理层股份达总股本的25%。2004年1月，TCL在深交所整体上市。有消息报道，TCL的上市使得李东生的个人财富达到近11亿元，TCL管理层也一下子涌现出了一批千万，乃至亿万富翁。上海家化的MBO，已经悄然筹备了好几年。

第一财经：你对上海家化两段历史做出了很大贡献。第一，将它400万的资产迅速发展、做大；第二，合资以后，家化本来已经不剩下什么东西了，你又让它东山再起。企业发展到现在，可能你从企业真正拿到的物质，比如钱，并不是很多，你自己心里平衡吗？

"别人也问过我这个事情。他说，你搞得这么好，到时候你退休了，什么也得不到。我告诉他，的确是这样的。李嘉诚也就比我大一点，双脚一伸，人就没了，都是这样子的。以前我在家化做厂长，一个月600元，我现在年薪也在逐步提高，包括这次可能的改制也许会调。但我跟上面讲，我已经这把岁数了，对这些已经无所谓了。对我来讲，好多事已经无所谓了，对名利已经不是看得那么重了。我考虑的就是，希望有些激励机制，对新来的人，对这两个团队有一些推动，家化企业才能够一直发展下去。"

第一财经：你认为应该有一个对新人比较公平的机制？

"是的，给他们加30%、加50%的工资，作用并不大。我希望的是股份改制，让他们自己拿钱出来买股权，那么就套住了。企业搞不好，生活水平就大幅度下降；但企业搞得好，就不是百分之几十的增加了，可能是几百万、上千万。激励机制搞好了，企业才能搞好。"

经营之道

从旧式作坊到现代化企业，从合资失败到东山再起，葛文耀再三面临困难和失败的挑战。

第一财经：你是一个将家化几乎从绝境当中重新带起来的人物，在企业里辈分也比较高。你治理企业是用什么样的思路？你以前说过人治比法治更重要的话吗？

“没有说过。我的员工都知道，我以前讲的是以人为本。我对员工和对自己要求也是情感智商。做领导必须有自知之明，这很重要。这几年我总结了自己，觉得在集团投资方面犯了很多错误，在上市公司化妆品的品牌决策方面犯了很多错误。了解自己起什么作用，你才能正确对待同事，对待下级，对待上级。同时，关心别人必须要比关心自己重。情感智商，我觉得很重要。这几年我打算逐步交班，现在找来的接班人在业务上没有问题，不管英语、电脑，还是其他技巧方面，都没问题。但是我就怕情感智商有问题，因为现在的年轻人跟我们这一代人的经历不一样，我们的经历比较坎坷一点。我找的总经理人选也必须符合这两条：第一，要有自知之明；第二，关心别人要比关心自己还重。我就是按照两条来治理家化的，所以我在家化跟员工的关系都比较好。”

第一财经：你认为最高层管理者的情感智商是比较重要的？

“对，因为光有能力是不能做好事情的。必须有一定情感智商，你才能充分地发挥大家的积极性，企业的凝聚力才比较强，企业文化才比较好。假如你是一个非常有能力的领导，各方面都很强，才华横溢，但如果你不懂得尊重别人，不懂得关心别人，你的企业肯定是搞不好的。”

第一财经：你刚才也提到，你这几年总结了自己，发现在很多方面都犯了一些错误。这些是你自己偷偷总结的，只有自己知道，还是把你犯的一些错误告诉了你的部下，让大家都知道？

“我是公开讲的。有时候我对下面的一些领导提了一点问题，他就紧张得不得了。我跟他讲，我投资了什么项目，损失了多少钱，我的哪个决策是错误的。对此，我都是很坦率的。其实真正做事情你才知道，有时候挫折比经验还要重要。问题是，有的人会从挫折中吸取教训，有些人从来不会，那就没有进步。如果一直成功，没有挫折，就会以为自己是常胜将军，一朝不慎，就全部垮掉了。这种情况很多。所以教训比成功还要重要。”

第一财经：外资一直都想进入家化，现在也是，但好像一直也没有谈成。是你不愿意他们进来，还是因为其他原因？

“主要是我不愿意他们进来。虽然有好多人愿意跟他们合作。”

第一财经：“一朝遭蛇咬，十年怕井绳”吗？

“也不是，要视以后的情况而定。我们现在做得不错，我们这个团队的人都能做。以前有一个台湾记者采访我的时候说，家化以后肯定不行，因为遭受外资企业跟民营企业两方面的夹击。我说不一定。外资企业做了17个月，费用太高，外籍员工的工资高得像天文数字。文化也不好，很多人去了外资企业以后又回来了。现在也不是外资企业特别吃香的时候了。私营企业老板赚的钱都是他自己的。而家化把国家该交的税交掉，该交利润交掉，剩下的部分可以全部用在员工生活上。所以我说我们的企业经营是非常市场化的。”

第一财经：你现在已经接近政府机关接受退休的年龄了，但是你毕竟是在企业里，你考虑过什么时候退休的问题吗？

“他们说通过改制我可以做到70岁，前几年开始搞控股公司的时候，说我可以做到65岁。但是我想，我最多做到六十二三岁。最近我在花力气调整上市公司，就是想为家化建立一个业务流程的平台。3年前我看到一个外国人写的报告，他说中国企业跟外国企业不一样。外国企业有一个业务流程平台，每个人都知道什么时候应该做什么事情。但在中国，一定要老板来推，老板不推，他就不动。这比较像家化以前的情况，就是个人的作用过大了。家化应该是法制化、程序化的，所以我们采取了很多措施。首先，从2002年下半年开始，我们推行国外的管理模式——OG（Official Guide，官方指南）表，还有KPI（Key Performance Indication，关键业绩指标）考核以及考核制度，这样就把公司的整个业务流程建立起来了。第二，对公司的管理层进行了比较大幅度的调整和优化，家化也顺利地完成了新老交替。现在家化股份公司5位总经理中有2位海归派，管理层下面也进行了大量的换人。年轻化，专业化，我们现在这个队伍比任何时候都要好，我的作用比任何时候都要小。我希望家化能够有个稳定的好的班子、好的队伍、好的运作方式，走上正轨。那么，我这个董事长最多估计再做一两年时间，就能退休了。”

第一财经：最后我个人有一个好奇，你已经有一段时间没有在媒体上公开地接受采访了，为什么今天愿意接受第一财经的采访？

“我觉得大家都低估了我们的股价，这几天我们股票的价格不太好，跌得比较多。他们说第一财经非常有影响，所以我愿意来讲一讲。”

不给自己留任何退路，就是考验经营者的决心和勇气。一定要勇往直前，希望自己、希望格兰仕坚持到最后一分钟再倒下。有了这种决心和勇气，我相信前途一定是光明的。

——格兰仕集团有限公司执行总裁　梁昭贤

梁昭贤："中国制造"的苦行僧

梁昭贤简介

1965年出生于广东顺德，格兰仕创始人梁庆德之子。1987年毕业于华南理工学院；1991年加入格兰仕集团，担任常务副总经理；1992年被推选为集团副董事长；2000年起任格兰仕集团有限公司执行总裁。

格兰仕集团有限公司简介

创建于1978年，前身是一家乡镇羽绒制品厂。1992年，带着让中国品牌在微波炉行业扬眉吐气、让微波炉进入中国百姓家庭的雄心壮志，格兰仕大举闯入家电业。在过去10多年里，格兰仕微波炉从零开始，迅猛从中国第一发展到世界第一。

集团定位于"百年企业，世界品牌"的世界级企业，在广东顺德、中山拥有国际领先的微波炉、空调、生活电器及日用电器研究和制造中心。中国总部拥有13家子公司，在全国各地共设立了52家销售分公司，在香港、首尔、北美等地都设有分支机构。

“不管做任何产业，如果都能够做到烧鹅味道、豆腐价格，肯定有竞争力，肯定有市场。”

从10多年前一个生产小家电——微波炉的小企业，发展到今天当之无愧的行业世界第一，连很多国际著名品牌都要纷纷在此下单生产，格兰仕可以说是中国制造的代表之一。

通过与世界100多个国家和地区的广泛经贸交流，2006年，格兰仕集团的总产值约为180亿元，进出口额约为10亿美元。目前，近4万名格兰仕人正在致力于推动微波炉、空调、日用电器及相关配套产业的全球化发展。

十年磨一剑

用刚性的价格来拓空间、筑防线，用拿来主义整合全球市场。“十年磨一剑”，格兰仕称霸全球微波炉市场。

谁最能代表“中国制造”？从市场份额的角度来说，答案肯定是像格兰仕这样的企业。从零开始，格兰仕用了10年时间，把微波炉做到全球冠军——全世界每3台微波炉里就有1台是格兰仕制造的。“先专业化，后国际化，再多元化"，格兰仕已经成为中国少数几个拥有行业控制能力的企业之一。

表面看，格兰仕的崛起似乎并无秘密可言。1993年，靠轻纺发家的格兰仕进入国内刚刚兴起的微波炉产业，为了能集中兵力，迅速占据优势，格兰仕破釜沉舟，卖掉了所有产业，专心致志做微波炉。它的竞争策略是：狠抓产品成本，以凶猛的价格战打开市场，并迅速扩大生产规模，再凭借规模经济的优势，进入下一轮降价循环。

"市场地位对企业生存和发展太重要了。所以要不断地迫使自己去练内功，所有成本、每一个环节，都要做到优于同行业，这样才能参与市场竞争。"

和对手相比，格兰仕往往能早一步登上更大规模的台阶，然后迅速地将价格降到规模较小企业的成本线之下。2004年，格兰仕以1 200万台的保本点经营规模来制定价格，彻底封杀年产量在1 000万台以下规模的微波炉企业。

第一财经：格兰仕每次降价为下一次降价预设了空间，还是已经降到自己认为能杀到的最低价了？

"问得非常好！任何时候，按照格兰仕的体会，最关键的一点就是不要给自己任何退路。所以，每次降价我们都是一步到位，然后在一个最短时间内，以最快的速度抢占市场份额，形成规模经济优势。这会让竞争对手很难受。不给自己任何退路，就是考验经营者的决心和勇气。一定要勇往直前，希望自己，希望格兰仕坚持到最后一分钟再倒下。有了这种决心和勇气，我相信前途一定是光明的。"

第一财经：你说每次降价都一步到位了，但最短多长时间以后，你发现又能把成本压下来了？

“我们一贯都强调生产和销售：一定要生产出价廉物美的产品，这是制造部门、技术部门的使命；作为销售部门，它的使命是，不管生产出来多少产品，要有全部卖掉的魄力，卖不掉的话，送都要送出去。就是这种态度：不是卖东西，是送东西。有了这样的要求，他们在做整个营销的时候就会考虑，营销的网络、跨度、广度、深度能不能跟得上公司节拍、节奏和发展速度。正是这样的概念促使他们勇往直前，因为大家都没有退路。”

第一财经：听了你这样的营销策略，我感觉，如果谁做你的竞争对手，恐怕都要吓得毛骨悚然。

通过近乎自虐式的成本控制一举成名后，格兰仕又游说海外微波炉企业，把它们先进的生产线搬到中国，由格兰仕代工生产，并以代工费用偿还设备费用。通过分割利益，格兰仕不仅将国际对手变成了合作伙伴，还迅速获得了先进技术设备、扩大了产能，又兵不血刃地扩大了国外市场份额。

“要以一个很开放的态度，把自己定位成那些跨国公司的一个车间主任，一个生产厂的厂长。在中国市场，格兰仕非常强调品牌占有率；在全球市场，格兰仕也非常注意产品占有率。同时我们也告诉他，我们定位在哪些市场、在哪些方面、在什么时间段。格兰仕的定位很明确，就是制造，你放心做你的市场，放心跟格兰仕合作，这让彼此间有一种默契和承诺。那么，格兰仕整个微波炉的产业发展就能够借助他们的销售网络、销售平台、技术平台、管理平台，迅速提高自己的实力。”

第一财经：那么在中国市场上，他们会不会跟你商量，让格兰仕杀价别那么狠，留大家一个空间，一起挣钱？你怎么处理这种关系？

"在中国市场，不管给格兰仕多大的利益，格兰仕都不会跟他OEM。在中国市场，格兰仕只能做格兰仕的品牌，这是格兰仕的基本原则，也是我们经营的一个基本底限。"

第一财经：没商量？

"是的。在中国市场，格兰仕必须要有绝对的主动权，一定要通过格兰仕自身的实力和努力，推动整个微波炉行业和市场的发展。"

第一财经：现在反过来看，如果当初格兰仕一开始就具备一定的实力，走海外市场时打自己的品牌，也许会发展得更好，而不是现在OEM这条路。你觉得你走了弯路还是走了捷径？后悔吗？

"要真正创建一个品牌，是靠企业的综合实力。品牌就是产品品质、销售网络、服务网络，如果没有这些做支撑的话，是根本做不了品牌的。所以你要先爬出去，先从最低做起，要有苦行僧的精神。爬到自己有一定本事的时候，再站起来，各方面都达到一定的高度了，你才能够冲上去。在每一个市场都要考虑自己品牌的个性，不是格兰仕品牌我就不做。因为那些大品牌下面的很多分销商也知道，其实那些ABC品牌都是格兰仕生产制造的。起码，他从技术、质量、服务等方方面面已经完全放心，这就为格兰仕日后提升、扩张打下一个非常好的基础。"

豪赌空调

要在空调业上迅速扩大，低价格、低成本正是格兰仕的核心竞争力。

历经残酷的价格战，格兰仕占据了全球微波炉40%的市场份额，微波炉零售价也从三四千元降到三四百元，成为微利产品。由于市场容量有限，做到全球冠军的格兰仕顶到了成长的天花板。此时，梁昭贤作出了一个让业界震惊的决定。

2000年9月，格兰仕宣布投资20亿，高调进军空调业；2003年，格兰仕追加投资20亿，并在广东中山圈地3 000亩，扬言打造“全球最大的空调生产中心”。此举不仅打破了格兰仕“只在某一领域做大、做强”的专注形象，也把梁昭贤推向了风口浪尖——国内空调行业已进入成熟期，业内群雄盘踞、大鳄林立，和当初的微波炉市场早已无法同日而语。梁昭贤豪赌空调，引来一片质疑。

“目前空调行业的竞争压力比微波炉更大。但是有一点值得我们欣慰：目前空调业只是格力、美的、奥克斯三足鼎立。从产品的规模占有率来看，都只是十几个百分点，并没有真正拉开差距。这就给了我们一个很好的空间。空调是一个标准化、低附加值的传统家电产业，这也比较适合格兰仕以总成本领先的战略。我相信，格兰仕微波炉过去的那些体会、经验、教训，也能成功地在空调行业进行复制。”

在产能有限、资源有限的情况下，格兰仕采取了“先海外，再国内”的迂回战术。梁昭贤利用微波炉积累下来的全球资源，先替国外空调企业代工生产，不断扩大产能、积累经验。很快，格兰仕成为中国空调出口前三强。此时，国内空调市场的竞争也在不断加剧：2004年，中国空调企业淘汰率达到60%，空调库存达到创纪录的1 100万台。再加上原材料价格不断上涨、高效压缩机严重短缺，整个行业都处于微利或亏损边缘。就在国内市场一片愁云惨雾之际，格兰仕突然开始发力，并宣称2005年是格兰仕空调的决战年。

第一财经：但是他们已经杀过很多次空调的价格了。在空调领域，你已经没有办法克隆原来的手段，通过一次次的降价来占领市场。那么在国内市场上，你怎么能杀出一条路呢？

“从行业的角度来说，杀价只是一个表象。那些先期进入的同行，都在享受着或者享受过相当一段时间的超额利润。”

第一财经：丰厚的利润？

“对。那种丰厚利润背后的成本意识、管理意识，也是格兰仕最大的空间。”

第一财经：你反倒认为这是你的优势？

“只要是微利的，他们认为没有利润的，就是格兰仕的机会。格兰仕的整体战略就是总成本领先，精髓在于怎么有效支配好每个时期的资源要素，真正控制好速度与节奏。速度与节奏是非常关键的。如何迅速地使能量达到最佳值，怎么样用最快的速度出奇制胜地将能量释放出来，将能量放到最大，这是格兰仕要做的事。既然我们锁定了单项冠军的目标，肯定要做好充分的资源准备。”

第一财经：接下来你是不是也要采取跟原来做微波炉相同的策略：大张旗鼓地做广告，做宣传，推动品牌？

“在微波炉行业，格兰仕就是低价格的代名词。如何把格兰仕的低价格、低成本在空调上迅速扩大，这正是我们要做大做强的核心。”

第一财经：就是让消费者知道，格兰仕的东西便宜，用这个概念促进它的销售？

“其实我感觉到产品本身的广告才更有效，电视上的广告只是一种补充。要经营产品，首先要过关键的一关，就是合作伙伴——商家的关。商家第一个考虑的是，跟格兰仕合作是否安全。经营零风险，没有任何后顾之忧，是商家的首选。第二个要考虑的是，跟格兰仕合作有没有合理的利润。第三，商家希望跟格兰仕的合作能够长期稳定。一个品牌如果具备了这三点，商家肯定会全力以赴去推。好厂家，再加上好的商家，共同去满足和超越消费者的需要和期望。”

第一财经：那格兰仕接下来会不会在空调领域搞很轰动的降价活动？

“这是个比较具体、比较敏感的问题。目前整个家电行业所有生产要素、初级产品的价格都不断往上涨，现在其他空调厂都说要准备涨价10%～20%。但我可以很直接地讲，不管原材料怎么样涨，格兰仕不会涨价。格兰仕已经通过企业的规模、技术、管理，吸收消化了这一二十个百分点。这是件不容易的事情，这也给商家和消费者一个清楚的信号：在最终的整个成本控制中，格兰仕是领先的，尽管目前格兰仕在中国的空调销售跟前几名还有一点距离，但是我们已经真正具备冲刺冠军的能力。我预计，未来一两年内，空调会出现恐龙时代。”

第一财经：微波炉原来是一个利润很好的行业，格兰仕进来以后，把大家的利润弄得非常薄。现在，格兰仕又杀到空调行业。等到你们真的做成了空调行业老大的时候，会不会把空调行业的利润也弄得很薄很薄？你的同行会不会很恨你？

“关键是要弄清楚为什么格兰仕能够不涨价，为什么他们要涨价。把问题找出来，可能过一段时间，几个月，或者一年，他就能明白他缺的是什么东西，哪一个环节能够做得好一点，完全不用涨价。对我们，不能只是恨，我希望是又爱又恨。如果能够再提升到爱多一点、恨少一点，大家会更加开心，行业也会更加健康。”

苦行僧精神

在梁昭贤看来，只有拥有苦行僧的精神和态度，事业才有希望。

当格兰仕通过整合全球生产线成为世界最大的微波炉生产商后，它却不得不将出口产品中自有品牌的市场份额从40%降低到30%左右，将国内近60%的份额降到40%左右。因为只有这样，格兰仕才能够规避倾销和垄断的风险。2004年，格兰仕提出了“让度品牌战略，提高产品战略”，再次淡化品牌色彩。

第一财经：格兰仕在微波炉和空调海外销售方面也是采取了低价的策略，这会触发别人告你们倾销吗？在海外会有这个危险吗？

“目前来说，由于微波炉全球制造的集中度非常高，所以我们采用既做自有品牌，也做OEM的策略。关键是各方面的技术指标，只要格兰仕能够满足要求，当地的同行也不会设置太多的障碍。”

第一财经：空调行业会有这种问题吗？

“在这方面，我们也是反复思考。空调是一个半成品，我们只是做了上半段，下半段就是在每个市场找到在当地是最有实力、规模最大的战略合作伙伴和核心客户，在方方面面都能够发挥他的作用和效应。所以格兰仕非常强调要跟全球每一个市场的战略客户真正建立一种深层次的合作关系。这样才能够回避技术壁垒，回避反倾销等各种障碍。”

除了贸易上的种种困扰，格兰仕还在员工待遇上不时受到指责。在这个庞大的“世界工厂”里，2.3 万名年轻工人 24 小时轮班工作，他们平均月工资 800 元，熟练工人 1 200 元，而跨国公司工人收入基本是他们的 20 倍。长期以来，廉价劳动力是格兰仕保证世界领先的最核心竞争力。

第一财经：苦行僧是你们反复提倡的精神，而且也有报道说你们的工人曾经因为工资低，有一些不满。这些是格兰仕降低成本必须要付出的代价吗？

“因为格兰仕很清楚，整个宏观环境、整个产业链结构，不是我们能够改变的。如果我们没有一种苦行僧的精神和态度，怎么把那些低标准化、低附加值的产业做 500 年呢？在用人的问题上，格兰仕有以下三个方面的体会。首先，要把用人的规划做好。作为人，他有很多动机，其中利益动机是最重要的一种。追求利益绝对没有错。但最关键的是，如何把企业发展的目标跟个人发展的目标有机地结合起来。格兰仕的体会就是，把企业的经营目标分解到基层，使得每个岗位的责、权、利都很具体，很明确。这种机制能促使人进步。其次，要建立一种激励机制。作为一般人，基本的物质需求满足以后，他就会有对精神的追求、对社会利益的追求。所以要通过企业组织架构的不断分裂繁殖，使得每一个格兰仕人都有更多的发展空间，使得企业能够有一个梯队稳定的队伍作保障，这样才有可能做 500 年。再次，必须要将对人的管理提升到一个理念的高度。从格兰仕的发展历程来看，我们坚持的就是‘为自己创造价值，为中国人争光’这样简单纯朴的理念。只有拥有这种吃苦的精神和态度，事业才有希望。格兰仕每个发展阶段都有不同的目标，这些目标就是通过格兰仕的理念转化出来的。这些目标分解到每个基层单位，每个基层单位都把它当成自己的事业而为之努力，格兰仕整体的大目标、大使命就能够实现。"

占领规模制造的高地后，苦行僧的未来在哪里？这不仅是对格兰仕，也是对"中国制造"的追问。

第一财经：格兰仕走的是这样的一条路：通过不断地控制成本，把原来利润比较丰厚的行业价格打压得越来越低，让消费者接受，然后脱颖而出。中国要在制造业上变成世界领先的国家，是不是必须要走这条路？

"中国家电行业的大部分核心技术都掌握在日本或者其他国家手上。平常大家交换意见都这样认为：董事会在欧美，办公室在韩国、日本，生产车间在中国。这种格局，我想必须要冲破。首先，你要从生产车间提升到办公室。最终，你要冲进董事局。在董事局才能够改写整个行业的游戏规则，也只有这样，企业才能够有更大的发展空间，才能够走得更远。"

世界经济发展史就是一部后来居上的历史。

——力帆实业（集团）股份有限公司董事长　尹明善

尹明善：在战争中学习战争

尹明善简介

1938年出生于重庆涪陵。是中国摩托车行业的一位传奇人物，54岁入行，10年内成为了亿万富翁。除了经商以外，尹明善还担任着重庆市政协副主席以及重庆市工商联合会会长等职务。

力帆实业（集团）股份有限公司简介

成立于1992年，中国最大的民营企业之一。历经10多年的艰苦奋斗，力帆已迅速发展成为融汽车、摩托车的研发、生产、销售（包括出口）为主业，并投资于金融业的大型民营企业。

2007年，力帆集团统计销售收入121.6亿元人民币，发动机产销量306万台，出口创汇4.096亿美元，专利拥有量4 061项，上述4项指标均居全国同行领先地位。目前，力帆集团已有员工14 068人，拥有1个国家级技术中心，连续多年入选中国500强企业。

“只有夕阳的技术，只有夕阳的企业，而没有夕阳的产业。一个技术可能被淘汰，会有新的技术来代替它；一个企业会不行，只是奄奄一息；但一个产业，却可以永远兴旺发达。”

中国是摩托车生产大国，在中低排量摩托车的生产和出口方面排名世界第一。由于这一行业开放较早，国有、民营以及外资企业竞争异常激烈，曾经的暴利时代已一去不复返。

作为一个在摩托车行业打拼了十几年的商人，尹明善在2004年底感到了一种“山雨欲来风满楼”的气息。

生死一线间

目前，中国摩托车行业优胜劣汰的洗牌已经开始了。

“10年前，一辆摩托车的纯利润大概可以达到20%，甚至35%、40%。现在，大概也就是3%～5%。也就是说，一辆3 000元摩托车大概只能赚几十元，3升容量的平均利润在90元左右。目前，中国摩托车行业优胜劣汰的洗牌已经开始了。以前国家没有设置门槛，现在不行了，国家要提高它的准入门槛。首先要达到准进的标准，摩托车厂有一定的检测设备、试验设备，否则就不允许生产。这套设备最低也要5 000万元以上，再加上七七八八，资金门槛提高了。”

第一财经：上亿才能做？

“对。另外，技术门槛也提高了。摩托车尾气的排放要达到欧洲Ⅱ号标准，而中国目前有实力达到这个标准的，可能只有10多家，不超过20家企业，当然包括力帆，我们已经通过全部考评。通过提高技术门槛、提高资金门槛，优胜劣汰会淘汰掉很多企业。我估计10年之后，中国的摩托车企业应该在20家以内。”

第一财经：环保标准提高了以后，在今年内或者明年初，会不会很明显地有一些中小企业被淘汰？

“我估计至少要淘汰1/3。现在有许多的中小型摩托车企业想投靠力帆，或者投靠其他一些大企业，我们要择优录取。”

由于目前中国很多城市禁止摩托车上街，导致摩托车大量销往农村。而农村的消费者往往更看重价格，因此杀价已成为中国摩托车企业最有效的竞争手段之一。即便是在2004年，钢材和塑料件等原材料大幅上涨导致每辆摩托车利润所剩无几之时，很多摩托车企业仍然不敢轻易涨价，因此市场上的风险被无情地转嫁给了摩托车配件企业。

“摩托车行业，尤其是零配件行业，很多企业都非常凄惨。产品不赚钱，很大的厂靠什么？就靠铝屑、铁屑，靠加工这些废料，能够卖个几十万，一年就赚这几十万。”

第一财经：这就是利润？

“是的。”

第一财经：作为这个行业比较领先的几个企业之一，你觉得还有降价的可能吗？成本还能再压缩吗？

“没有这种可能性，摩托车行业已经利薄如纸了。我个人估计，不但不降价，摩托车行业可能会像空调行业一样集体涨价，不是为了牟取暴利，而是为了维持生存。因为原材料涨得太厉害了。”

第一财经：其实国内最近这段时间，很多摩托车企业都纷纷在叫涨价，但是都在相互看着、比着，步调并不一致。力帆会带头涨价，还是最后涨价？

“重庆三大摩托车企业——力帆、宗申、隆鑫，已经讨论过很多次。我们决定联手，从今年开始，逐步地把价格提上去。不是为了牟取更多的利润，只是要维持住3%～5%的利润。”

第一财经：这三家企业在全国市场占多大的比例？

“不多，加在一起也就20%。”

第一财经：才20%？

“是的。我相信其他企业的想法，多数会跟我们相同。力帆不会成为涨价的带头人，但也不会成为涨价的落伍者。我们随时眼观六路、耳听八方。”

第一财经：会不会有个别的厂家坚持不涨？不涨其实已经等于降了，如果真有大企业这样做，会不会削薄你们的市场份额？

“会，但不会是长期的。”

第一财经：你觉得它也扛不住？

“从长远来看，到了一定时候，它也扛不住。市场份额增加的时候，资金能力、管理能力、技术能力都有可能跟不上，质量就会出现问题，利润就会大幅度下滑。那个时候，我估计它的价格也会跟上来。”

第一财经：要是大家都涨价的话，你估计今年到明年，中国整个摩托车市场的销量会不会进一步萎缩？

“如果大家都涨价的话，初期半年之内，销量会略微萎缩，半年之后，反而会起来。因为消费者的心理是买涨不买落，他观察了一段时间，觉得价格低不下去了，没办法了，只好买了。”

第一财经：他是觉得说不定以后还要涨？

“是的，所以他赶快买了，他也担心再涨上去。所以市场中制造者和消费者心理上的博弈也是挺有趣的。”

第一财经：由于种种原因，现在摩托车在国内的整个销量不是快速上升的，可能只是持平，甚至在缩减。那么你觉得这是一个夕阳行业吗？今后还会有特别好的新的发展契机吗？

“有这样一个经济规律：当一个国家的人均 GDP 在 400~1 200 美元的时候，是摩托车的黄金时代；1 200 美元之后，摩托车的销量就开始下降，取代以家用轿车。中国现在的人均 GDP 大概是 1 000 美元，也就是说，摩托车的黄金时代还没有完全结束。所以国内市场应该还会坚挺 5 ~ 8 年，再加上开拓的广泛的国际市场，还谈不上是夕阳产业。而且还有各种各样的技术更新，用高新技术来提升传统产业。所以我经常讲，只有夕阳的技术，只有夕阳的企业，而没有夕阳的产业。一个技术可能被淘汰，会有新的技术来代替它；一个企业会不行，只是奄奄一息；但一个产业，却可以永远兴旺发达。”

绝地反击

市场价格已无处可降，行业标准又不断提高，摩托车企业如履薄冰。

当国内摩托车市场竞争白热化的时候，力帆集团积极开拓海外市场。从1998年至今，力帆已成功进入了伊朗、印尼、菲律宾、越南、尼日利亚等国家和地区，并且正在进军欧美市场。2004年，力帆集团出口创汇超过2.4亿美元，列同行业第一。

“中国有13亿人口，市场大。可全世界有60多亿人口，市场更大。而且全世界的消费层次更为丰富，既有中小排量，还有大排量。所以在国外建厂，已经成了力帆摩托车发展的一个大趋势。在国外卖1辆摩托车的利润等于在国内卖3辆的利润，所以从趋利避害的角度来讲，我们要走出去。正如我经常讲的一句话：我们要倾集团之力，让摩托车走出去。”

第一财经：现在中国的品牌看起来就不洋，比如都用汉语拼音。在发展中国家还好一点，真到了欧美，他们能接受吗？

“初期他们很难接受。像力帆LIFAN，外国人还读得出来，但像轻骑Q打头、嘉陵J打头，外国人就不好读了。当然，拼音只是结构的一部分，品牌才是大问题。为了打造力帆这个品牌，我们舍得做广告，在发展中国家做，在发达国家也做。另外，我们也搞了一些比较成功的营销策划。比如在越南，力帆摩托车在越南河内表演了飞跃红河，越南的国家电视台组织了10万观众，让力帆这个品牌在越南显得很响亮。另外，我们又把越南的头号球星黎玄德请到力帆的足球队踢球。他于2001年11月在重庆踢进了一个球，越南媒体轰动了，因为那是越南球星在海外踢进去的第一个球。他们在拼命地歌颂他们的民族英雄的同时，也把力帆带进了越南。我们甚至还用力帆摩托车从尼泊尔首都加德满都——喜马拉雅山的南麓爬喜马拉雅山，在众目睽睽之下，爬到了6 000多米高寒缺氧的高度。通过策划的这些宣传活动，扩大了力帆的知名度。我们在国外105个国家和地区的年销售额达到了2亿多美元，这也算是不错的成绩了。"

第一财经：在国外都是用力帆品牌？

"全都是用力帆品牌。"

第一财经：为什么在摩托车这个行业你们没有做OEM？比如为日本的一些大品牌做加工出口。

"严格地讲，做OEM是一件弊大于利的事情。虽然有点利润，可以发展生产，提供就业，增加税收。但据专家统计，中国的OEM只有8%的利润留给了中国的制造业，92%的利润都被外国的品牌通过品牌、技术和销售拿走了。我把这概括成为两句话：人家吃肉我们啃骨，人家吃米我们吃糠。OEM可以干一点，不要大干，还是要做自己的品牌。杀了一条牛，肉我也吃，骨头我也啃；自己买米，米我也吃，糠也可以自用。要有这样的决心才行。"

第一财经：那你会不会渐渐地把努力重点放在国外市场？国外市场的空间还有多大？

"今年我们加大了欧美市场的出口。欧美市场对于摩托车环保标准要求高、质量要求高，但利润丰厚很多。欧美市场的出口量大概只占整个出口量的1/3，但利润占了整个集团利润的3/4。所以我们拼命提高产品附加值。”

第一财经：欧美市场很重要？

“对，欧美很重要。提高技术含量，这是大企业的生存之道。”

海外市场的开拓缓解了力帆在国内市场的压力。为了进一步打开欧美市场，力帆集团还把技术研发列为头等大事。

“力帆有三件宝：创新、出口、信誉好。力帆把创新作为核心竞争力，所以在创新上下了很多工夫。中国的制造业，平均用于创新的投入大概只有销售收入的0.8%，力帆则高达4%。早在2003年，力帆用于创新的投入已经高达2.3亿人民币。力帆有国家级的发展中心，摩托车行业只有三家有，力帆的排名最高。力帆研发人员的平均收入，高过了整个集团其他人的收入；同时，力帆也特别重视对他们的培养和培训，比如本科生进修工程硕士的费用，全部是由集团掏钱，不但是学费，甚至带薪留职，让他们去深造。到2004年年底，力帆已经拥有2 098项国内外的授权专利，力帆去年的专利申请量仅次于深圳华为，列全国所有行业的第二名。”

第一财经：力帆现在是不是把研发重兵都放在大排量摩托车上了？

“是的。除了大排量，还有一些特殊的技术，比如二次进气、离散这些比较专业的技术。这些基本技术一旦突破之后，就可以用在所有的摩托车上，环保、省油、降噪，可以带来很多好处。”

第一财经：现在小排量摩托车的技术，国内的企业都掌握了。大排量摩托车有什么技术现在国内企业还没有掌握？

“大排量的技术还比较难。比如力帆研究600毫升的大排量，花了整整3年的时间，今年才做出样车。为什么？摩托车600毫升的排量，实际上比轿车1 000毫升排量的功率还大。因为摩托车是高速计，发动机转速在1分钟10 000转以上，可是汽车发动机1分钟大概只有4 000转，是低速计。高转速会带来很多问题，温度升了，安全性、密封性、高速齿轮的噪音都会受到影响。所以大排量的技术难度很大，在攻坚战中，我们还有10年的路要走。”

进军汽车业

打城市的巷战，打乡村的青纱帐、甘蔗林，力帆都有经验。

除了做好摩托车主业外，近几年力帆集团一直在进行多元化的尝试，先后涉足过发动机、重柴动力、足球、期货、媒体、房地产、酒类，甚至矿泉水等。但是由于面太广，资金、人才等方面跟不上而四处碰壁，令人惊讶的是，就在力帆开始多元化收缩的时候，尹明善又宣布要进军汽车业。

“世界上有很多成功的先例，本田、铃木、宝马，它们原来都是做摩托车的。后来在摩托车行业已经走到极限之后，它们向汽车延伸，非常成功，做得也很大。这也给我们树立了一个榜样，所以力帆现在主要集中在汽车和摩托车行业。另外，足球，我们也不愿丢掉，因为足球非常特殊。我们也已经投资了2个多亿在金融行业，我们是重庆商业银行和光大银行的股东。这块投资只花钱，不需要人，不需要管理。虽然在金融业占一席之地，但不是主力，力帆的主力还是坚持自己的制造业。”

第一财经：你现在投了8个亿做汽车厂，感觉多长时间就可以收回成本？对此，你乐观吗？

“不是特别乐观，但我估计收回成本不会超过5年。”

第一财经：那么车子一下线，是先走国内市场，还是直接销往国外？

“国内市场和国外市场都要瞄准。我估计初期还是以国内市场为主，尽管这两年国内轿车的增长率在下降，但仍然是世界第一。”

第一财经：因为力帆的车现在还没有挂出价格，你会采取让市场震动的定价方法吗？不知道这算不算是商业秘密。

“不会，力帆不走最低价。我们一直都坚持‘中’字——中等的档次、中等的价格、中等的利润、中等的批量。因为在中国买得起轿车的是中等收入者，我何苦去瞄准那些低收入者呢？虽然‘中’，但是性价比很好，非常合算，比低价的轿车合算，也比高价的轿车合算，所以我们要努力宣传的是我们的性价比。虽然做起来苦一点，但是从长远看，很有必要。如果一下子定到最低的话，就永世不得翻身。”

第一财经：力帆原来摩托车销售代理的网络，能够同时做汽车吗？还是要再建一套新的网络？

“现在有三种销售网络可以选择。第一，那些规模已经扩大，甚至已经开始在销售轿车的代理商，如果他们愿意，我们会选一部分做代理。第二，我们请一些在汽车上已经做得很成功的代理商为我们做销售。第三，我们自己也可能掏钱做直销，或者全资建立直销公司。这三种模式，我们都会试探。哪一种最好，就向哪一种倾斜。”

第一财经：我有个疑问，力帆以前销售摩托车成功，是因为把重点放在农村吗？但价格再便宜的汽车，还是得在城市推销。对此，力帆有把握吗？

“不是。销售摩托车，是一个从城市到农村的过程。现在还在打城市，只是从城市打到了农村，而且在国外，我们打的也是城市。所以打城市的巷战，打乡村的青纱帐、甘蔗林，我们都有经验。汽车行业现在还只能打城市，所以我们到县城去打。虽然每个县的销量不多，但全国有2 000多个县，也许能积少成多，谁也说不清。市场经济让我们练就了一身适应市场的本事。”

第一财经：反过来说，过于注重市场和销售，会不会让你轻视或忽视了一些汽车特有的问题？有没有这种可能性？

“没有。严格地讲，汽车的特有问题跟摩托车差不多，需要品牌，需要营销策划，需要售后服务，需要建立各种各样的专卖店。这一整套，8年10年前，我们在摩托车行业都已经演练过了。实际上，汽车行业的销售是亦步亦趋地跟着摩托车行业、跟着家电行业在走。前些年它们都是暴利，是皇帝的女儿不愁嫁，坐在家里都能卖得出去。现在竞争才刚刚开始，有的人已经张皇失措，觉得不得了了。其实他们看见的只是几匹狼，可是我们已经习惯了在成千上万狼群中的拼打。”

第一财经：汽车行业的人才，现在大家抢得比较厉害。力帆用了什么样的物质待遇留住了这些人才？

“这么说吧，他们在科研室拿的钱，可能还没在力帆拿得多。再加上购买力的关系，就显得更多了。因为人才是我们的先锋部队，我认为力帆造汽车，市场风险不大，资金风险不大，大的就是技术风险。因为技术来不得半点虚假，需要积累。一方面，我们从外面召集人才；另一方面，我们也在不断磨炼内部的人才。”

第一财经：摩托车的利润已经越来越薄，如果汽车一下起不来，或者起来后再碰到一些风吹草动，力帆的整个资金链会不会断掉？

“我想不会。首先，汽车起步是用自有资金。摩托车行业对力帆来讲，现在还是有相当利润的，只不过随着原材料的提价、技术门槛的提高，压力越来越大。但是我估计，力帆的摩托车行业，未来的三五年之内肯定是赢利的。我对汽车挺有把握，甚至觉得汽车的空间比摩托车还要大。外界好像认为汽车风险很大，其实，汽车的风险没有摩托车的大。我经常用下面这个形象的比喻：中国的摩托车目前是28元1公斤，如此之低的价格，力帆还能赚钱；可是中国的中等轿车，像捷达、桑塔纳，大概是100元1公斤。100元和28元之间有很大的降价空间，我估计中国的中档轿车在8年左右的时间里，会从100元1公斤降到40元1公斤。也就是说，桑塔纳、捷达到那个时候可能会卖4万多不到5万。这8年的时间，力帆可以好好经营，8年以后我们可以变得非常强大。”

第一财经：你用卖肉的算法来卖车，别的同行会不会同意？另外，你觉得力帆进入汽车最大的核心竞争力是对成本的控制吗？

“除了对成本的控制之外，另外一个核心竞争力就是我们对发动机技术的掌握。摩托车发动机跟汽车发动机基本上是同一个技术。”

第一财经：能够平移过去？

“可能。摩托车发动机的有些技术甚至还高过了汽车，因为它是高速计。当然，汽车发动机也有强过摩托车的地方。所以稍改一理论，技术应该可以延伸过去。但中国的汽车行业，哪怕是一汽、上汽，它们至今在发动机的研发上也没有什么作为，只是把国外比较成熟的机器搬过来，拷贝一下而已。所以力帆如果抓紧机会，可以在中国的轿车行业当中，成为发动机制造的佼佼者。产品出口也受品牌的限制，比如说重庆的长安福特生产的蒙迪欧，福特公司不允许卖到国外，就只能在国内卖，没有出口的机遇。可是力帆品牌可以，愿意卖到哪个国家就到哪个国家，去年出口额就达到了2.4亿美元。中国的汽车行业里还没有哪一家一年出口能上2亿的，一汽那么大，也只有1.5亿。力帆已经有几百次出口的经历，在国外有数以百计的代理商，有品牌影响，在十多个国家有商务处，这些都是迅速地把力帆轿车推向全世界的机遇。当然，价格肯定是个非常重要的因素，特别是在竞争比较残酷——当一辆车的利润从3万元降到了2万元、1万元，甚至几千元的时候，这也是我们大展宏图的时候。最后再说一点，世界经济发展史就是一部后来居上的历史。所以造车也是，以前福特是世界老大，后来被通用超过，现在又被丰田超过。谁知道会不会有一天，中国的某个品牌被奇瑞、被力帆超过。我希望有这一天，虽然有一点梦想的成分，但是一定会有后来者。”

真正成熟的寡头之间的博弈，都是理性的。

——烟台万华合成革集团有限公司董事长兼总经理　丁建生

丁建生：与寡头共舞

丁建生简介

1954年出生于山东。1982年毕业于青岛化工学院。毕业后，分配在烟台合成革厂（1995年改制为烟台万华合成革集团有限公司）工作。先后担任合成革厂MDI（异氰酸酯）车间技术员，合成革总厂MDI厂车间副主任、技术科长，MDI二期工程技术负责人，万华集团MDI厂副厂长兼总工程师、厂长兼总工程师，万华集团总经理助理兼副总工程师。现任烟台万华合成革集团有限公司董事长兼总经理。

烟台万华合成革集团有限公司简介

集团是以国家“六五”期间重点建设项目之一的原烟台合成革总厂为基础，作为中国百家建立现代企业制度试点企业和国有资产投资主体，于1995年改制组建的大型重化工、轻工联合企业集团，是目前国内最大的聚氨酯工业基地。目前，在MDI和聚氨酯人工制革两个行业的综合实力居国内首位，是全球第六家拥有MDI和我国首家拥有超细纤维合成革核心生产技术的企业，并发展成为亚太最大、全球第五的MDI生产供应商。

“真正有市场潜力的、高技术的产品，是不可能引进到的，也是不能用市场换到的。”

中国企业的优势常常就只有成本，除了成本，还是成本。有时候，我们会对此有一点点的失望。但在烟台万华，我们总算找到了一点自信。从默默无闻的小角色变成国际寡头俱乐部中的一员，这家企业用自己的经历告诉了我们两个道理：第一，永远没有人会把核心技术卖给你；第二，用市场换技术的战略是错误的。

在当今的股票市场上，烟台万华是一个大家耳熟能详的名字，它是行业里的国际寡头之一。在10多年前，它还是个默默无闻的小角色，为了获得技术而四处碰壁。从小角色到国际寡头，这中间经历了无数艰辛而曲折的故事。

艰难起步

引进技术的坎坷历程使丁建生刻骨铭心，这也促使烟台万华走上了一条自主研发的道路。

这是一家在外人看来颇为“神秘”的公司，原因在于它生产的MDI

产品，我们可能闻所未闻。其二，自2001年上市以来，它竟然连续数年保持销售收入增长超过50%，6年里复权价约700元，成为基金重仓追捧的对象。2004年至2006年，烟台万华连续三次入选中国最具成长性的A股蓝筹公司，2006年被评为"最具价值上市公司"。烟台万华2007年中报主营业务收入35.29亿元，同比增长53.57%；营业利润9.71亿元，同比增长88.91%；实现净利润6.06亿元，同比增长94.21%。

MDI是生产聚氨酯的主要原料。聚氨酯属于高分子新材料，具有橡胶、塑料的双重优点，被誉为"第五大塑料"，尤其是在隔热、隔音、耐磨、耐油、弹性等方面有其他合成材料无法比拟的优点。

"汽车的方向盘、仪表板、坐垫、扶手、头枕、挂挡的把手、车顶棚和侧门板的隔热材料，以及玻璃的镶条等，都是用MDI做的。老百姓常接触的，比如冰箱、冰柜、热水器等家电的隔热材料，都是用MDI做的硬脂泡沫。MDI在纺织、轻工方面也有很广泛的用途。高档的耐磨的鞋底、所有高档的人工制革，甚至天然革的表面的涂饰材料，也都是用MDI做的聚氨酯材料。"

由于技术壁垒，目前国内只有万华一家能生产MDI，技术牌成为万华的一大优势。不过在董事长丁建生看来，打造这个优势来之不易。

"最早是在20世纪70年代末期，'六五'期间。当时国家引进合成革生产装置，配套带进了一套比较落后的、间歇法工艺的MDI生产装置。"

即便是当时那样一套落后设备，引进之路也遍布坎坷。日本方面只告诉万华如何操作装置，并没有交出核心技术。这就是所谓的"钥匙工厂”。很快，“钥匙”到了中国人手里就不灵了。

“这个1万吨装置，每年只能生产五六千吨，运转很不稳定。当时舆论哗然，觉得中国人就是不行，日本人走了以后，就不好用了。”

第一财经：听说那个时候挺危险的，是吧？

“那时候因为不了解装置，没有掌握真正的技术，没达到现在这种自由的王国。所以装置每隔一周多就得停止运转来进行清理，那时候确实很是遭罪的。清理的时候，曾经还发生了一些小的爆炸事故，我自己也差点就没了。”

第一财经：你也在现场？

“是的。到现在，我手上还有些伤疤。所以那时候我们是相当艰难。再想向日本讨教一些新指导，基本都吃了闭门羹，后来只能向欧美的一个跨国巨头来寻求技术来源。我们前前后后花了4年的时间，挨家谈引进合作，当时主要的目的就是想以市场换技术。4年多的艰难曲折，有时候这种引进技术历程甚至带点屈辱。我们去欧洲工厂的时候，不是走马观花，实际上是跑马观花，离装置比较远，而且就走一圈。我想往里走一步，看看真正实际的东西，马上就会被制止。”

第一财经：但你还是往前走？

“对，我还是往里走，你喊我，我马上再回来。这也是国际交往的准则。但那时候我感到一种耻辱。不过就像邓小平说的，人要有一骨子劲。如果等下去，我们是死路一条。”

第一财经：你的自主创新是被逼出来的？

“是的。我们本来想用市场换技术，结果4年下来，引进技术的坎坷经历让我刻骨铭心。我也明白了，真正有市场潜力的、高技术的产品，是不可能引进到的，也是不能用市场换到的。外商到中国来，我们领着他们全国调查完了以后，他们就一脚把我们踢开了，他们要独自在中国建设MDI装置。”

从1993年起，烟台万华被逼上了一条自主研发的道路。丁建生他们进行了1万多次的实验，修改方案可以装满几卡车，终于使中国成为继德、英、美、日之后第五个拥有MDI核心技术的国家。就当丁建生觉得自己苦尽甘来的时候，一场前所未见的危机又悄然而至。

反倾销之战

烟台万华将反倾销变成了一个竞争策略，成功地粉碎了跨国巨头试图通过低价倾销的方式将万华扼杀在摇篮里的“阴谋”。

1998年，国内MDI市场的92%被国外公司占领。到21世纪初，逐步掌握核心技术的烟台万华将产量提到年产4万吨。一些跨国巨头坐不住了，他们试图用低价倾销的方式将烟台万华扼杀在摇篮里。

“他们没想到原来被忽视的一个企业能崛起。当时全球经济正好走下坡路，2001年5月20日，美国IT泡沫破灭。”

第一财经：网络泡沫？

“网络泡沫破灭是在‘9·11’以后了，无疑又是雪上加霜。国际经济形势也不太景气，为了遏制我们的崛起，跨国公司就把大量的产品倾销到中国来。”

第一财经：对你的影响大吗？

“影响很大，有可能把我们扼杀在摇篮当中了。在这种情况下，我们被迫向外贸部跟经贸委（当时还不是商务部）分别提出了反倾销的申诉。当然我们考虑到，也不是全部的倾销幅度都可以申诉，主要是日本和欧洲公司在韩国生产的这部分产品。”

第一财经：它当时倾销的数据是怎么样的？在中国的价格和日本的价格的比例是多少？

“据中国商务部的调查，他们当时的倾销幅度已经接近70%，也就是说，在中国的价格比日本的低70%。”

第一财经：低这么多！

“那么在这种情况下，国家从2002年开始进行反倾销的立案调查，调查期为一年，后来又延长了半年。在这一年半的时间里，我们抓紧开发了8万吨以上的技术，将烟台万华的产能扩成了8万吨以上。在反倾销的调查期间，国外公司肯定有所收敛，不能肆无忌惮地把中国市场当成垃圾市场来进行倾销。所以中国市场恢复了比较正常的运行，MDI产品的价格也趋于正常和稳定。为了下游行业更健康、更稳定的发展，我们在2003年又主动地跟商务部申请撤诉。”

第一财经：其实你把反倾销变成了一个竞争策略？

“确实是。我们是中国第一家为保护优质产业申请反倾销立案，然后在立案调查期过了以后，又主动申请撤诉的企业。最根本的是，你必须抓住立案给你创造的一年多的调查期时间，快速地发展企业的国际竞争力。”

第一财经：到反倾销撤诉的时候，你在中国市场的占有率已经到了多少？

“20%左右，当时我们中国市场的占有率排第3名。”

伴随2005年在宁波大榭开发区新建年产16万吨的MDI装置，截至2006年，烟台万华市场占有率已跃升至31%，排名第一。2006年国内MDI市场主要占有率分别如下：万华占31%，巴斯夫占21%，拜耳占17%，亨斯曼占13%。

然而威胁又卷土重来。反倾销战硝烟刚散尽，巴斯夫、拜耳、亨斯曼等国际巨头在上海漕泾建设了近24万吨项目，巴斯夫又宣布有意在重庆投建世界最大、产能为40万吨的MDI工厂。部分投资者担心外资巨头的加入，会造成产能过剩，进而影响万华的业绩。

第一财经：你觉得这些项目的建设对中国未来MDI的市场格局会有大的改变吗？

“中国过去几年MDI的市场增长速度在25%左右，接近中国GDP增长速度的3倍。未来的市场，在建筑的节能和农作物秸秆这两个重要领域的应用，应该会快速增长。整体来说，中国市场的需求还会以比较高的速度保持增长。”

第一财经：你觉得还有很大的空间？

“还有很大的机遇。中国是这样，全球其他新兴国家，还没有MDI生产能力的国家和地区，比如俄罗斯、印度和东欧，也是这样，他们的需求量也在不断增长。所以未来几年内，中国由MDI净进口国变成净出口国，也没有什么不可能。这些新兴的国家和地区，将消化中国过剩的产能，将中国从净进口国变成净出口国。”

与狼共舞

拥有了一定的市场份额，质量好，成本又低，就能确保中国市场的稳定。

宁波万华工业园占地3 000亩，拥有5万吨级码头两座，是亚太地区最大的MDI生产基地。未来二期工程目标指向30万吨。中国企业正逐渐向MDI出口国进行角色转变，同时国际巨头们也正加紧内地扩张，一场价格大战又一触即发。

第一财经：我们还了解到的一个数据就是，MDI行业这几年增长非常快，大概到2010年前后，中国的MDI产能大概会到100万吨，变成净出口国。对万华来讲，这是不是一个很大的战略转折时刻？

“从某个方面来看，这确实是一个挑战。”

第一财经：产量增大以后，任何行业都一样，要面临一场价格大战。

“我们所在的这个行业，欧美的跨国巨头都是全球化经营的，如果我们仅局限于中国市场，风险太大。一旦发生价格战，我们只有招架之功，无还手之力。”

第一财经：万华怎么解决这个问题？

“首先，要培养综合的竞争实力。宁波二期投产以后，我很有信心在全世界制造基地里做到规模最大、产业链配套最合理、成本最低。其次，在全球，特别是在欧美日竞争对手主获利的地方，要有稳定哪怕比较小的市场。拥有了一定的市场份额，质量好，成本又低，就能确保中国市场的稳定。”

第一财经：你的意思是，通过万华在欧美市场、日本市场的嵌入，对中国市场的价格起到制衡性作用？

“有了全球竞争力，又有了全球的布局，就像下围棋一样，有自主的品牌，有自己的终端渠道，那么作为全球前几位的跨国公司，可能在一个局部有所动作，搞价格战，但是它们不可能在全球范围内发动价格战。因为它们在全球占的市场份额比万华多，如果发生了价格战，损失最大的是它们自己。”

随着万华全球竞争力的增强，国际寡头俱乐部的巨头们开始承认万华的地位，他们坐下来心平气和地研究共同的行业规则。这对于万华来说，又是一个新的开始。

“中国的市场是很大的，欧美有些公司在中国也没有市场。当你有稳定的市场份额、产品质量达到了国际顶级水平的时候，它们与你互相换货。在欧美也是如此，很多公司也是这样做的。”

第一财经：换货？

“换货就是我们在中国为我们的竞争对手提供一些货，它们就不用从欧美运货到中国来了。也就是说，它们在中国销售的实际上有些是我们的产品。”

第一财经：换货意味着双方企业的质量必须要达到共同的水平。

“是的。换货的前提是必须有国际竞争力，质量达到全球一流水平。我们的产品质量，特别是聚合 MDI，目前各项指标评价是最好的。所以跨国公司在中国换到我们的货以后，打它们自己的品牌，就会给它们争光，不会有任何坏影响。我们在欧洲卖掉的一部分货，也是跨国公司换给我们的。”

第一财经：从你这位专家的角度来看，影响 MDI 价格的因素，哪一个最大？

“我个人认为，供求关系因素的影响最大。尽管随着原料的价格变动，MDI 可能会有一点波动，但供求关系还是主要因素。这个行业是一个寡头垄断的行业，从经济学角度看，寡头垄断行业的一个特点就是，它是一种博弈。谁都不敢违背《反垄断法》，在不违背《反垄断法》的前提下，观察各家的行动。”

第一财经：你讲的博弈是指寡头之间的博弈？

“真正成熟的寡头之间的博弈，都是理性的。实际上，当它们能够比较好地控制供求关系，在产能过剩的时候，就会根据市场价格主动地控制产能，不一定要百分百，适当地控制一下生产量。”

第一财经：你觉得万华是一个成熟的寡头吗？

“我们认为，或者行业内认为，万华已经是寡头当中的一员了。”

对任何事情一定要认认真真，脚踏实地，一步一个脚印。只要尽心尽力，我觉得没有做不好的事情。

——新疆中基实业股份有限公司董事长　刘一

中国经营者 [MANAGING CHINA]

刘一：颠覆性创新

刘一简介

1957年出生。1980年毕业于新疆师范大学美术系。1989年至1992年，任乌鲁木齐三木公司经理；1992年至1994年，任新天公司装潢工程公司经理；1994年至2000年，在新疆中基实业股份有限公司任董事长兼总经理；2000年至今，任新疆中基实业股份有限公司董事长。

新疆中基实业股份有限公司简介

是以番茄制品深加工为主营业务，集番茄种植、生产、加工、贸易、科研开发为一体的农业产业化国家重点龙头企业。目前，拥有优质番茄原料基地50万亩，公司番茄制品综合生产能力达到60.5万吨的规模，建成现代化番茄加工厂18座，引进世界先进生产线49条，位居世界同行业第二位，产业布局遍及新疆、甘肃、内蒙、天津以及法国等地。截至2005年末，公司资产总额达35亿元；全年生产总值3.8亿元，比上年增长15.79%；实现主营业务收入15亿元；实现进出口总额1亿美元，其中出口创汇7 500多万美元。

“我破这个局整整用了一年的时间。一定要有颠覆性的创新，才能使企业走向更加辉煌的未来。”

1989年，刘一辞去美术老师工作的时候，无论如何也想象不到今天会成为中国番茄酱生产企业的老大，那时他的公司以做装潢工程和国际贸易为主。1994年，新疆生产建设兵团投资有限责任公司旗下的新疆中基实业股份有限公司成立，刘一担任了董事长兼总经理。

1999年，刘一带领的新疆中基确定以番茄加工作为公司的主营业务。2000年，新疆中基在深圳证券交易所上市。那时，新疆屯河的番茄酱产量已经达到26万吨，而年产量不过7 500吨的中基只是刚进入这个行业的小毛孩；而到了今天，它已经成为全世界这一行业的第二位。

主动出击

在刘一看来，一定要有颠覆性的创新，才能使企业走向更加辉煌的未来。

新疆中基的红色产业工业园，寂静地坐落在乌鲁木齐西郊的三坪。每年的9月中旬到次年7月中旬，偌大的厂区都空旷无人。

“因为新疆的气候条件，只能加工60天。”

在这60天的时间里，工人们已经将200万吨新鲜番茄加工成番茄酱。短短两个月，他们就完成了一年的生产任务。剩下的时间，公司的销售团队在董事长刘一带领下，把这些番茄酱销往世界各地。

“我们已经在欧洲占了50%的市场份额。但我5年前去一些企业，它们根本就不理你，或者根本不跟你谈。”

从2000年开始，新疆中基的生产规模以惊人的速度递增。2005年，整个中国的番茄酱行业产量达到100万吨，其中中基为50万吨，新疆屯河为36万吨，其他10余家的产量之和为14万吨。而到了现在，中基的番茄酱产能已经达到60万吨，产量占国际市场的18%，年产值超过9.5亿人民币，成为国内最大的番茄酱生产商。

“现在这些企业天天跟我们谈，能不能合作，能不能在别的地方建个厂，或者是把它的品牌卖给我，我提供给它一定量的番茄酱，使它能维持下去。我们把市场原来的整个格局全部打乱了。”

第一财经：是什么原因让你们从2000年开始进入这个领域？就是因为你们有地，能够自己种番茄吗？

“当时我发现，中国的番茄酱在国际市场的地位很不健康，也很不正常。既然有这么大的产量，为什么不能做成全世界一个重要的生产基地？”

第一财经：是不是重要的生产基地的区别是什么？

“区别就是可以拾遗补缺。比如因为天气原因受灾了，意大利、法国或者美国的工厂原计划要加工10万吨番茄酱，但只加工了7万吨，缺3万吨。这些工厂就开始在全世界找番茄酱贴补缺口，突然发现新疆有番茄酱，就赶快跑到新疆来签合同，哪怕价格再高它也买，因为要保证与终端客户的合同的执行。这样，番茄酱的价格就一下子涨上来了，从原来很低的价格，一直卖到很高的价格。番茄酱生产商觉得番茄酱赚钱了，就开始扩建，建厂技改。可是等哪一年番茄丰收了，这些工厂能自给自足，甚至超产了，它就根本想不到新疆的番茄酱。这时候，新疆番茄酱的价格就开始跌，一直跌破成本。”

第一财经：之前的20年，新疆番茄酱一直在干这事？

“一直是。等跌得非常低了，他们一看，太便宜了，就买一些回去。番茄酱是卖出去了，但是是亏损卖的。一般5年一个周期，这5年当中，情况好1年、平1年、坏3年。这样，企业始终发展不起来。到2000年，我就觉得这样子肯定不行，要做就一定要做成世界上一个重要的番茄酱生产基地。”

第一财经：其实中国有很多农副产品都处于你刚才说的这种状态，批量很大，但出口的时候呢，都是给别人拾遗补缺的。很多人也发现这个问题了，但是怎么去破这个局呢？

“我破这个局整整用了一年的时间。一定要有颠覆性的创新，才能使企业走向更加辉煌的未来。”

刘一的创新从过去守株待兔的经营方式，变为主动出击国际市场。他来到意大利的拿波里，这是当时欧洲最大的番茄酱生产基地，他以成本价格报给当地大公司，并努力说服意大利生产商关闭生产基地，并将生产线低价转卖给他。

“若是自己生产，那么向老百姓收购番茄的时候，就要把全年的流动资金全部都垫上。生产10万吨，就需要收购10万吨番茄的流动资金，这是其一。第二，还需要10万吨的仓储费用，存在库房里。如果我按照一样的价钱提供给它们产品，它们不但节省了流动资金，同时也省掉了仓库。我说动了2家，其中有家7万吨规模的厂，在我的说服下，它关掉了5万吨，就保留了2万吨的生产能力，因为它要有个过渡。”

第一财经：你的重点并不在价格上，你只是逼着它一年必须稳定地定多少量？

“我最主要的是想让它关掉生产基地，关了以后，它就要依靠我。”

第一财经：完全依赖你？

“是的，让它完全依赖我。中基公司和中国的番茄酱市场起来以后，欧洲市场至少已经有30%的工厂关掉了。从2001年到2002年，我基本都是让别人关厂，然后为它提供番茄酱，让合作关系非常紧密。”

用这种方法，刘一在短短2年的时间里将欧洲番茄生产商几十条生产线收入中基。2003年，新疆中基已经拿到了每年14万吨大桶番茄酱的订单，占到了欧洲市场40%的份额。

“到现在为止，欧洲当地的番茄酱成为我们的拾遗补缺了。就说在中国产量不够的时候，它们卖给我们一点番茄酱。其余的时候，基本都用中国的番茄酱。”

第一财经：别的领域也经常出现这种状况：当某一种产品出口情况

比较好的时候，中国的商家就会一拥而上，然后相互杀价，杀到最后都好像血本无归似的，虽然控制市场，却把便宜也让给了外国人。那么，番茄酱行业出现过这种情况吗？

“出现过。为此，我们作了一个战略调整，就是在天津建了番茄酱分装厂，一年 10 万吨的规模，也很大。国外买我的番茄酱，它也是在作分装，分装的很大一部分是出口到欧洲以外的一些地区，比如中东、非洲。建了这个番茄酱分装厂，我们也出口到中东和非洲地区，相当于价格的平衡器了。”

新疆中基大桶番茄酱的年产量是 50 万吨，占国际市场交易量的 18%。如果将其中 10 万吨用于分装小包装产品，国际市场上作为原材料的大桶酱供应就会减少 5% ~ 7%，造成其价格上涨。中国每年提供国际市场的番茄酱达到 100 万吨，国内其他番茄酱生产企业也乐得借此机会提高价格，获得更多利润。因此，在刘一的策略带动下，中国番茄酱牢牢掌控了国际市场大桶番茄酱的定价权。

“从 2001 年到现在为止，价格已经一步一步走上来了。涨到今年，是平均价格最高的一年，550 ~ 560 美金 1 吨。”

深度加工

新疆中基另一个重要策略是，从原料提供商转变为消费产品的提供商。

尽管国际市场的番茄酱需求以每年 3% 的速度递增，但是，全球适合种植番茄的区域却十分有限，一般集中在北纬40度左右的内陆半干旱区域。而新疆适合种植番茄区域集中在天山北坡的绿洲地带，只有几十万亩种植基地。受此限制，中基和其他番茄酱生产企业一样，无法依靠扩大产能实现持续增长。作为上市公司的领导者，刘一必须为新疆中基寻找新的突破。

第一财经：因为产地和加工期的原因，已经给了你一个很大的局限。你觉得还有进一步迅速扩大产量的可能性吗？

“无论是中基公司，还是其他公司，基本上已经把适合种植和加工番茄的好地段全都圈完了。”

第一财经：如果已经圈地成这样了，即使有钱，接下来怎么发展呢？会不会有一个很大的瓶颈束缚它的发展？

“下一步就准备把生产番茄酱剩下的一些皮渣，进行一些高附加值的提炼和提取。从番茄酱到分装成罐头食品，价格增长了100%，有的甚至是150%。加工成番茄沙司，价格就增长了300%。无非就是番茄去完皮以后，灌装到罐头里，加一些汁。欧洲人这样说，价格合适了，他一天吃一罐；价格低的话，他一天可以吃两罐；再低一点，他一天可以吃三罐。这种消费量是非常巨大的。另外，我们还准备在番茄红素上做些功夫。”

除此之外，新疆中基另一个重要策略是从原料提供商转变为消费产品的提供商。目前国内出口的主要番茄制品是作为原材料的大桶酱，每吨价格在550美元左右；如果大桶酱分装成小包装番茄酱罐头，每吨售价将达到1 100美元。而中基在天津的中辰番茄制品公司已经是亚洲最大的小罐装番茄制品生产企业，每年出口小包装番茄酱达到20万吨。

第一财经：中基现在整个的出口量当中，给别人做原料的大桶产品和终端产品的比重是多少？

“基本上是4∶1，大桶酱占了80%，小罐酱占了20%，但两者的出口销售额却基本相等。”

第一财经：天津罐装厂出的产品都是中基自己的品牌，还是也打别人的品牌？

“也打别人的品牌。现在在非洲，天津中辰出口的20%是我们自己的品牌，80%是OEM，为别人做的品牌。因为我是做企业的，我肯定要建个厂，首先保证它不能亏损，要赢利。在自己的品牌没有闯出来之前，我肯定先做OEM。我们计划用3年的时间，将中基公司的品牌做到80%，OEM贴牌占到20%。”

第一财经：有什么办法可以做到呢？

“首先，做我们自己品牌的时候，严格控制质量，做到最好，价格却和OEM的一样。这种控制是从原料开始的，在种植、加工番茄的时候，就开始控制了。这种质量好的东西，我肯定用自己的品牌。”

第一财经：你这么说，那些OEM的厂家听了会不高兴吧？

“我按照合同规定达到质量标准就可以了。红色素含量的国际出口标准是2.0，这些OEM客户的要求是2.2，已经很高了。我按他们要求的黏度、配方生产出符合2.2标准的，但我还有2.5、2.6的产品。所以中国品牌的番茄酱质量要更好，很多欧洲人拿中国的番茄酱当做细粮吃，掺杂着他们自己的番茄酱，就是这个道理。”

国际争夺战

新疆中基打响了国际番茄酱终端消费市场的争夺战，通过收购和合资，不仅规避了反倾销风险，迅速拥有了国际知名品牌和欧洲多个国家的销售渠道，并且在深加工领域实现持续增长。

作为全球最大的番茄酱出口国，中国的番茄加工企业同样面临着国际市场反倾销的难题。近几年，欧洲的番茄制品企业纷纷倒闭。1999 年，意大利的番茄酱生产企业有 327 家，现在已经不到 10 家。在希腊和西班牙，众多企业都已放弃生产与中国相同的番茄酱产品。

第一财经：别的中国产品出口到了一定程度的时候，有一个很头疼的问题，就是欧盟会说我们倾销。番茄酱的原料出口遇到过这样的问题吗？你也挤倒了很多当地农场的场主，他们有没有告你倾销呢？

“去年，他们也请了世界上一些著名的企业家和著名的专家，在意大利拿波里论证我们到底是不是倾销。”

第一财经：他们有这个想法？

“有。后来把请我去了，我跟他们说，你们的反倾销理由可能成立不了，因为中国的番茄酱和欧洲的番茄酱起跑线就不一样。欧洲企业生产 1 吨番茄酱政府补贴 70%，如果收购 1 吨番茄酱用 100 欧元，企业只拿出 30 欧元，政府补贴 70 欧元；而我们中国企业收购 1 吨番茄酱虽然只用 30 欧元，但这 30 欧元 100% 是企业拿的。有政府补贴和没有补贴，就不在同一起跑线上。”

第一财经：其实你能反过来告他们？

“说心里话，我希望他们反倾销，最好反倒中国的番茄酱，特别是让中基公司的番茄酱进不了欧洲。这样要不了两年，所有企业在国外的销售就会全部死掉，拿中国的番茄酱分装销售到中东、非洲、东欧的这些企业，全要死光。因为中国的番茄酱进不去，他们拿不到低成本的原料了。我再建几个分装厂，全部出口到这些地方的话，他们还有什么竞争力？我现在分给他们一口饭，他们还不领我的情，还要反我。他们意识到这个问题以后，马上决定不告反倾销了，从此不提反倾销的事了。”

事实上，刘一已经打响了国际番茄酱终端消费市场的争夺战。新疆中基2004年收购的普罗旺斯食品公司，占据着法国番茄调味品和罐头食品46%的市场份额，此举不仅为中基产品规避了反倾销风险，也让其迅速拥有了国际知名品牌和欧洲多个国家的销售渠道。2006年，中基在天津的中辰公司又与美国康家食品有限公司合资组建了中基汉斯食品有限公司。这个公司为中基打开全球市场，并在番茄深加工领域实现持续增长布下了一枚至关重要的棋子。

第一财经：你现在在国外已经收购了几个厂了，有几个品牌可以用？

“收购了法国的普罗旺斯，它自身现在有4个品牌。中基公司自身的品牌有8个。加起来，一共有12个品牌。普罗旺斯的品牌在法国当地有非常高的知名度，加上美国汉斯品牌的进入，这些对中基公司品牌的提升，会有一个非常好的积极作用。汉斯的研发队伍使中辰公司能迅速地提升，达到国际上一些新产品开发、研发的标准。”

第一财经：虽然这不是一个很大的行业，但中国企业去并购欧洲企业，毕竟很困难，文化上的，对人的管理上的，挺难的。你们把普罗旺斯收购下来以后，碰到类似的问题了吗？

“中国收购法国最大的罐头食品企业，而且还是来自于中国最西北部的一个边远落后地区——新疆的企业，刚开始，他们都很难接受。我在任何大会上都避谈‘收购’这两个字眼，都说‘合作’。但面临的最大问题就是，不管用什么文化，这个企业肯定在原有基础上要有大的变动。因为我最提倡：必须有颠覆性的创新，否则企业绝对会走老路。那么这种情况下，收购之前它是380人，现在我命令总经理必须裁减100人。”

第一财经：在国外这是最难的。

“是的，根本谈不成，工会闹死了。现在我觉得我最怕的就是见工会。工会首先找我谈话，说工资该涨了，今年的福利我们要到地中海哪个地区去游玩，这个费用要我出。我说，现在这么多订单完成不了，为什么还要去玩，我加工资加钱，不行吗？他们说不行，他们不需要钱。”

第一财经：他们要的是生活质量。

“这还是其一。在中国，罐头食品企业是一天24小时都在生产，因为最忌讳开机、关机，浪费很多东西。但是在法国，他们根本不管，一到时间，准得很，1秒都不差，‘砰铛’一声机器就关了。这种差异的碰撞解决起来非常困难。我觉得还是让法国人管法国人，让他们自己去谈，可能要比跟我谈好。这位法国总经理去年一年就裁减了101人，这在普罗旺斯非常有影响，企业也在一步一步地好转。”

第一财经：在法国你用了这个办法，在别的国家，比如美国，你用什么办法？还是重复法国的做法吗？

“为了使中基公司在国际市场上能巩固它的地位和市场，收购、战略联盟，或者建厂，都是必然趋势，肯定是要走的。”

第一财经：你并没有在国外接受过系统的培训，也没有长期在国外生活，你怎么去揣摩国际市场上这些企业的想法，怎么和他们打交道？

“在国际市场，首先要坚持信誉第一。既然让别人把厂拆掉了，由你来供应，那么你就要严格遵守合同，保证信誉。再加上这么大的规模，在国际市场又有话语权，这些大客户就会和我建立起非常好的合作关系。而且我觉得，一定要用心去做事。”

第一财经：怎么讲？

“就是对任何事情一定要认认真真，脚踏实地，一步一个脚印。只要尽心尽力，我觉得没有做不好的事情。”

我们需要创新，需要不断地推陈出新，不断地打倒自己的产品。

——好孩子集团董事长　宋郑还

宋郑还：不断打倒自己

宋郑还简介

1956年出生于江苏昆山。1988年，宋郑还接手好孩子集团的前身——一家亏损的校办工厂，做起了童车生意。他身体力行地进行功能创新，仅个人就拥有1 000多项童车发明专利，其中国际专利16项。从1995年起，“好孩子”进入美国、欧洲等发达国家市场。到2005年，集团25亿人民币的年销售收入中，70%来自海外。

好孩子集团简介

中国最负盛名的专业从事儿童用品研发、制造和销售的企业集团。“好孩子”是中国驰名商标，2004年“好孩子”获得中国童车行业唯一的“中国名牌产品”殊荣。

好孩子童车在中国市场连续13年销量第一，市场占有率超过60%；好孩子童车在美国市场连续7年销量第一，市场占有率接近40%。好孩子产品70%出口，销往南美、欧洲、东南亚、美国、俄罗斯、日本等国家和地区。

“每一个企业都应该有自己的核心资源，把核心资源放在什么环节最合适，赢利最多，就集中做好那一块。”

好孩子集团是专门从事童车和婴幼儿用品生产的企业，其中，童车在国内的销量和出口量都处于领先地位。它是2003年向世界名牌进军、具有国际竞争力的11家中国企业之一。董事长宋郑还的海外战略是：与当地强势品牌进行排他性深度合作，由对方负责销售和指导，“好孩子”负责设计制造，品牌以对方品牌和双方联合品牌为主。与许多中国企业以低价进军海外市场不同，“好孩子”坚持只打价值战，不打价格战。

现在，“好孩子”已经进入了世界经济体，正在整合世界资源做世界市场。

差异化竞争

宋郑还追求的差异化竞争就是要用不断推出的新卖点、新功能，提高产品的附加值，从而尽量地避开和其他品牌面对面的价格竞争。

在距上海1小时车程的昆山陆家镇，隐藏着一个“中国制造”的世界冠军——好孩子集团。它的产品进入了全球4亿个家庭；美国家庭中使用的婴儿手推车和汽车儿童坐椅，超过 1/3 是由它设计制造的；在中国童车市场中，它占有近 70% 的份额。和许多中国制造者不同，它不是以低价格，而是以不断推出的新设计构建核心竞争力。在中国制造企业纷纷喊出向“中国创造”转型的今天，它似乎抢先一步，跑在了前面。

“总体来讲，‘好孩子’这个品牌在市场上追求的就是差异化竞争。我们要不断地推出新卖点、新功能，提高产品的附加值。用这种方式，尽量地避开和其他品牌面对面的价格竞争。比如我们现在发现在 179 美元的价位上可能有机会，我们希望能够把我们的新产品放到货架上，那就意味着要把竞争对手的产品从货架上拿下来。这对我们双方都是一个挑战，包括商品的策划，包括怎么让消费者买我们的而不买别人的，包括怎么让卖家从货架上撤下别人的车子，把我们的车子放上去。这些都需要研究，需要找到一个好的卖点。然后要作具体的设计，包括车架的结构，如何更时尚、更好用，以及增加哪些新功能。”

第一财经：这些设计是在美国做，还是在中国做？

“在中国做。”

“好孩子”拥有 100 多人组成的研发队伍，专门从事功能创新和模具开发，现在它拥有的专利已达 2 200 多项，直接在美国注册的有 40 多项。“好孩子”甚至发明了“折叠比”这样的新词汇，也就是童车展开时与折叠时的体积之比。

“最后要确定风格。我们在美国的战略合作伙伴 Dorel（多利尔）公司有设计师，我们自己的研发中心现在也聘请了美国设计师，以解决产品本土化的问题。这样，设计才算完成了。另外，我们的成本是完全开放的。”

第一财经：透明的？

“是的。所有非常细节的成本，包括原材料、人工、制造流程，对我们的合作伙伴都是透明的。它们的成本情况，我们也知道，也是透明的。”

第一财经：那它们的销售成本，你也知道吗？

“我也清楚的。这样的话，双方都很了解，大家就可以坦诚地分析价位了。有时候毛利空间定得好，卖点附加值比较高，双方的毛利都可以高一点，皆大欢喜。但如果有时候空间很窄，就需要双方来研究怎样能在市场上取胜。一般来讲，双方都要想很多办法，但应该是以制造环节为主。”

第一财经：你说的这种策略，实际上也是先期导入价格，就是事先确定卖出的价格。

“对，相当于一个目标价。”

第一财经：将后期成本粗分成两块的话，生产成本比较刚性，相对来讲弹性不那么大；销售成本的弹性会大一点。如果最后产品销得不好，要打折，或者要做一些活动的话，那么，销售方的利润空间就小了，它会倒过来跟你要补偿吗？

“这全是销售的事。”

第一财经：是它要承担的一部分？

“是的。”

第一财经：属于额外的付出？

“是的。”

Dorel 强在品牌和通路，“好孩子”强在设计和制造。虽然宋郑还不愿透露设计研发成本在双方定价时所占的比重，但 Dorel 愿意与“好孩子”建立如此深度的排他性合作，足以说明“好孩子”在这方面的优势。强强联合使两家企业都获得了成功：近两年来，美国童车市场的年均销售增长率只有 5% ~ 6%，但 Dorel 与“好孩子”生产的童车在美国的销售增长率却达到了 10%。

第一财经：为什么你们在业务上有如此紧密、相互依赖性很强的合作，资本上却没有关系？

“两家公司都有自己的考虑。从我个人来看，现在投资的观念应该根据不同的时代和情况有所调整，要与时俱进。一个企业，如果从市场一直到生产的每一个环节都要自己做，就要投资得很深，这是一种垂直的投资方式，实际上是有一定的风险的。每一个企业都应该有自己的核心资源，把核心资源放在什么环节最合适，赢利最多，就集中做好那一块。比如我只做到 FOB（Free On Board，装运港船上交货），一离岸就可以结算了，资金链不需要拖那么长，否则一直要到销完了才能够拿到钱。”

第一财经：美国还会有大量无理由的退货？

“对。除了消费者的无理由退货，还有缺陷产品回收的风险和消费者投诉的一些风险。这部分是 Dorel 比较擅长、比较强的领域，Dorel 去做。我就做 FOB 之前的这段就可以了。我赚我的钱，它赚它的钱。这种虚拟组合，对双方都比较安全。”

核心竞争力

在宋郑还看来，对消费者深刻的理解，是“好孩子”的一个核心竞争力。

借用欧美品牌和通路，夯实自主研发能力，以不断推陈出新的方式打“价值战”，好孩子集团几乎没有冒什么风险，就进入了海外中高端市场。在素有“儿童天堂”之称的美国，“好孩子”大约占有手推童车市场的1/3，儿童自行车、婴儿用围栏、婴儿摇篮和其他童用产品更是占据一半以上的市场份额。

第一财经：不管在中国，还是在美国，从你确定了某个价格、想上一个新产品，到最后这个产品真正摆到货架上，完成设计、研发、生产这一整套系统，大概需要多长时间？

“比较复杂的产品，一般需要8～10个月。其他相对简单一点的，比如婴儿车、小自行车，就比较快，最快的1个月就可以。”

第一财经：如果比较简单地做个总结，你觉得“好孩子”的核心竞争力是什么？

“首先是我们对市场、对消费者的理解。我们的目标就是对服务对象的理解。”

第一财经：其他的呢？

“除了对消费者深刻的理解，我们的核心竞争力还在于研发能力、制造的综合能力、对中国市场的零售管理和通路经营的能力，以及‘好孩子’——这个在中国响当当的品牌。”

第一财经：后面的这些能力最后都能物化到第一条——对消费者的深刻理解，是吗？

“在美国市场，我们1994年年底就建立了美国公司。这个公司的功能不是销售，不是直接去敲沃尔玛的门，而是研究市场、研究消费者。经理主要做的就是这个事情，另外，还有信息员队伍和产品经理队伍。”

第一财经：信息员是派去的中国人，还是当地的美国人？

“全部是美国人。他们的工作就是在研究着或者是在感知着，就像一根天线，了解美国市场的消费者对产品的感受、体验、意见，去发现他们潜在的需求。这支队伍，我们已经培养了很多年，这也是为什么从1994年年底一直到现在，我们可以不断地有新创意。其实创意绝对不可能是以技术为导向的，闭门造车肯定会枯竭，一定要有源头活水。我们的源头就是在市场上，就是在消费者的生活当中。这也是我们一直在做的事情。”

第一财经：美国这个公司肯定要花很多钱，这个代价要比在国内高得多。但它做的是市场研究，一个软任务，怎么去衡量业绩和花费？

“他们的收入由两部分构成：一部分是基本工资，包括福利待遇；另外一部分要跟他指导开发的产品的销售成果挂钩，有一个根据销售额、毛利提成的比例。我们非常强调一定要对结果负责任，不行的话，就进行人才流动。”

除了“好孩子”自身建立的美国信息员队伍，合作伙伴Dorel也会将自己研发部门的成果与好孩子集团共享，帮助它进行产品研发。

第一财经：中国现在有很多产品在海外的销售都非常好，但是大多数中国产品是以低价为主要的竞争手段。你刚才说的这个策略似乎并不依仗于便宜不便宜，因为售价一开始就基本锁定了。这个理念是很早就有了，还是经过一段时间的摸索和实际的操作才形成的？

“我们一开始在中国市场就是这么做的。‘好孩子’刚诞生的时候，其他一些中国的牌子占了市场大部分的份额，产品都比较便宜，而‘好孩子’一出来就比较贵，我们走的是差异化经营的道路。”

第一财经：能贵多少？

“那时候至少贵20%左右。既然不是主要靠成本竞争，就决定了我们需要创新，需要不断地推陈出新，要打倒自己的产品。所以我们提出要自己打倒自己，用第二代更新第一代，然后第三代、第四代都准备好，不断地差异化地推出，使我们能够保持比较高的毛利。我们也是带着这样的理念去做美国市场的。”

第一财经：你这样一种并不追求最低价格，但是功能或者式样上不断翻新的策略，别人指责过你倾销吗？

“从来没有过。”

第一财经：中国企业其他的出口产品是不是也可以转换到这种思路上？你觉得有这个可能性吗？

“我觉得完全有可能。其实我们对此深有体会，像我们这类产品的进入门槛比较低，研发门槛也不高，‘好孩子’做的事情可以说是中国绝大多数加工企业都能做的事情。”

理性合作

董事会行使董事会的职责，股东在董事会享有应有的发言权、决定权，管理层在董事会的领导下去执行经营的任务。

好孩子集团卖的是不起眼的童车，但海外基金在2006年对中国企业的第一次并购，瞄准的却正是它。2006年初，一家简称PAG的海外私人基金以1.2亿美元收购“好孩子”100%股权，同时向管理层支付32%股份。

私人股权投资基金主要有风险投资基金和收购基金两种。收购基金一般选择成熟企业获得控制权，然后等待时机海外上市，最终获得超额回报。

“我们这个大股东占68%的股份，我们自己占32%。但是我们对企业的决定权、控制权，还是很大的，非常大。”

第一财经：这种权力是以法律文字的形式确定下来的吗？

“对。”

第一财经：换句话说，你有32%的投票权，但是你最后投出的票能有50%的效果？

“应该有。”

第一财经：怎么得到这种权力呢？你们这个新的投资方似乎本身跟你们这个行业没什么关系，对吧？

“一般来讲，财务性投资者不是要操控企业，不是要经营企业，不是自己来做赢利。它首先要做的是了解这个企业，包括行业大环境、空间，企业本身的素质，以及现有经营管理人员的素质如何。如果它能够确认、相信这个企业没有问题，它才敢进行投资。”

第一财经：投资方往公司派总经理、副总经理，或者财务总管了吗？

“现在没有，但是我们希望它派。”

第一财经：实际上它只是参与了董事会，完全没有参与经营层？

“对。它完全是一种机构化的、公司化的管理。董事会行使董事会的职责，股东在董事会享有应有的发言权、决定权，管理层在董事会的领导下去执行经营的任务。这种管理是非常健康的。”

“好孩子”出让股权引起了许多人的担心。基金持有68%的股权，足以对“好孩子”的战略方向作决定。而由于基金属于财务投资，不会长期持有，所以无论上市与否，只要价格合适，基金都可以出售手中股权。一旦“好孩子”被竞争对手恶意收购，后果将十分严重。

第一财经：如果它突然把股份卖给一个你们比较讨厌的或者没有它这么宽容大度的投资者，怎么办？

“这种情况不会产生。”

第一财经：为什么？

“因为在股东协议里面都已经规定了，转让股份一定要经过我们同意。”

第一财经：你是小股东，但没有你的同意是不行的。

“我们不同意，它是不能转让股份的。”

第一财经：那么实际上，最大的可能性就是上市这条路？

“上市这条路还是比较顺利、比较方便的。”

第一财经：现在有上市计划了吗？

“应该在这3年以内吧。”

第一财经：这3年，你追求的是希望企业的规模、销售额、利润跨一个台阶，然后再上市，还是对企业内部进行一些整顿、改革，更符合上市公司的要求？

“实际上公司现在各方面的重组以及其他一些条件，都已经符合海外上市的要求了，随时都可以上市。但我们管理层希望能够过3年再上，因为我们正在展开新一轮的发展战略。我们要进一步提升我们的制造业，同时在其他方面要更加下工夫。”

第一财经：比如哪些方面呢？

“比如婴儿产品的研发能力，要把它打造得更强，今后成为拉动制造业，拉动整个产业更加重要的一个基础。所以我们会在研发上加大投入，希望成为世界第一流的婴幼儿产品的研发基地。另外在中国市场，我们会在零售方面，比如零售能力、管理通路，进一步地拓展。”

为了抢占先机，好孩子集团正小心翼翼地在中国尝试一项耗资不小的零售计划。根据这一计划，“好孩子”将在大中城市建立专卖店，为中国的父母们提供包括从婴儿车、服装，到喝水杯、尿片的一站式婴幼儿用品服务。目前，“好孩子”已经取得了十几个全球一线儿童用品品牌在中国的总代理权。

这个计划也许能增加好孩子集团的国内利润率，因为专卖店将迫使现有经销商降低利润分成比例。但是此举同样具有风险，“好孩子”可能会疏远它和现有销售网点的关系，况且在制造领域的实力并不等于它会在零售业上取得成功。

第一财经：这么做，是因为“好孩子”自己有更强的销售能力，还是因为你已经开始向商业化转，想将好孩子品牌变成一个商业网络？

“投资方只对投资回报负责，它并不考虑工厂。工厂就是要争取订单，开拓市场，做好一个供应商。投资到工厂里就是供应商品，在这个流程当中它去取得回报；那么投资在零售业的，它就应该在零售当中取得回报。所以我做这个事情只是为了多销。”

第一财经：但是你心里必定有个目标，就是在“好孩子”这种一站式商店里，“好孩子”自己做的产品要占到多少？

“大概是在70%。这种商店有一个特点：消费者的所有需求都能在一个面积不太大的商店里实现。这就要求我们很专业才行。所以我们要有一支非常专业的商品开发队伍，他们甚至要深入到研发、制造各个领域，开发商店所需的商品。从这个意义上来讲，这种自己研发、自己组织生产的品牌，虽然不一定是‘好孩子’工厂生产的，也完全符合打上‘好孩子’自己品牌的条件。”

第一财经：还是“好孩子”的？

“对，所以这些东西还是‘好孩子’的，都是好孩子品牌的。”

虽然做自己的品牌会很困难，但我觉得每一个企业都要去做，勇于克服困难，创造自己产品的品牌，最终来提升中国这个大品牌在国际上的影响力。

——安琪酵母股份有限公司董事长兼总经理　俞学锋

俞学锋：将“中国制造”坚持到底

俞学锋简介

1954年出生于湖北。曾就读于加拿大联邦学院。曾任宜昌市粮食局团委书记、共青团宜昌市委副书记。1985年起，历任宜昌食用酵母基地党委书记、副主任，公司党委书记、董事长、总经理。现任安琪酵母股份有限公司董事长、总经理。

安琪酵母股份有限公司简介

成立于1986年，是从事酵母及酵母衍生物产品经营的国家重点高新技术企业、上市公司。公司主导产品包括面包酵母、酿酒酵母、酵母抽提物、营养健康产品、生物饲料添加剂等，产品广泛应用于烘焙食品、发酵面食、酿酒及酒精工业、食品调味、医药及营养保健、动物营养等领域。公司酵母生产规模、市场占有率均居于国内及亚洲之首。

“第一，产品质量必须是一流的，这是最基本的。第二，必须做一些品牌的宣传。另外，还要宣传高速发展的中国，让所有的进口国和消费者都尽可能地了解中国，了解我们安琪。这是一个非常漫长的过程，不可能一蹴而就。”

酵母菌与人类的伙伴关系已经有近5 000年的历史。修建金字塔的古埃及人就用发酵的面包作为主食，古代中国人用它来酿造美酒。酵母菌富含人体必需的氨基酸、B族维生素、微量元素等营养成分，现已应用到调味、养殖、健康食品等领域。

目前全世界的酵母市场是由4家欧美公司垄断的，唯独在中国，一家中国公司成为行业的第一名。它不但拥有最高的市场份额，同时还是这个行业的标准制定者，而在20年前，它不过是一个小小的研究基地。这就是安琪酵母股份有限公司。

独立自主

安琪酵母立足于中国自己的品牌去发展，坚持创自己的品牌，独立自主地开发国际市场。

中国的现代酵母工业起步于上世纪改革开放初期，当时国内企业普遍缺乏资金、技术和管理，在“市场换技术”的口号下，掀起了合资浪潮。可安琪酵母的俞学锋却拒绝了外商抛来的绣球。

第一财经：其实在1993年前后，安琪酵母也有过一次合资的机会。

“对。当时我们也找到了一家全球著名的酵母公司，谈了以后，他觉得可以先从技术开始合资，要先看看我们。一年以后，当我们再谈的时候，我们好像更加清醒一些了。他们提出要控股，我就隐隐约约地觉得，如果让别人控股，我们就失去了自己的品牌，就失去了在国际市场闯荡的权利。当时我的这种想法也得到了政府的支持，于是我们决定放弃合资，自己干。”

第一财经：那时候是1993年。1992年，邓小平南方谈话以后，市场经济进一步开放。在1993年到1997年之间，中国的公司，据我了解的情况，能够嫁出去的、能够合资的，从地方政府到媒体、企业家，都非常愿意跟外资合作。那时候掀起了一股很大的合资浪潮。还有的国有企业通过合资，转换身份，搞产权改革。是什么原因促使安琪酵母没有选择合资这条道路呢？

“当时不选择合资是有压力的。但我觉得可以通过别的方式去引进技术，去引进管理方法，比如通过资本市场，完全没有必要用丧失主动权的代价去换取外资。如果合资了，让别人控股，我们以后就成了别人的工厂，而不是一个国际性的公司。”

第一财经：这和两人谈恋爱是一样的。一开始是你看上他的，半年后，对方同意跟你结婚了，你却突然说不结了。到底是哪件事让你觉得这桩“婚姻”有问题？

“最主要的是他们提出来要控股。”

第一财经：你不愿意放弃控股权？

“对，我们不愿意放弃控股权。”

第一财经：不合资的话，你们怎么解决技术、资金、产品的瓶颈问题？

“在技术方面，既然没有资本上的合作，我们可以通过其他方式进行合作。比如跟欧洲的一些生物工程公司建立战略联盟，进行战略合作。另外，我们还可以聘用那些国际知名的项目专家，包括那家准备跟我们合资的公司的专家。”

第一财经：你股份没卖给人家，反倒把人家的人挖过来了。

“这就是一种智力的引进，当然还包括管理方法的引进。现在国际上已经有很多先进的管理系统和管理工具，我们也可以努力地学习。比如我们在前几年花很大的本钱，运用了 SAP（System Analysis Program，系统分析程序）的 ERP（Enterprice Resource Planning，企业资源计划）。运行 3 年来非常好，我们也受益了。最大的好处在于我们进一步地提高了企业内部的运转效率。我们所有在外地的工厂，就如同宜昌总部的一个车间一样，我们可以很快地向它们传达一些指令，了解它们的信息。”

1993 年收购安琪酵母失败后，外商并未就此甘心。目前，国内酵母行业能与安琪构成竞争的只有英联马利集团和法国乐斯福两家，各酵母公司产能如下：安琪酵母 5.2 万吨，英联马利集团 2.4 万吨，法国乐斯福 0.3 万吨，丹宝利 0.5 万吨，奥力 0.15 万吨，台龙 0.15 万吨。其中英联马利集团在国内有 5 家合资分公司，乐斯福则在 2001 年收购了安徽明光酵母厂。国内酵母市场占有率居前四位的企业是占有率超过40%的安琪，其余依次是马利、乐斯福、丹宝利。国际巨头一直对安琪的发展虎视眈眈。

2007年8月23日，安琪酵母实施资本公积金转增股本方案，每10股转赠10股，引起投资者关注。有人分析此举是为了维护品牌，扩大股本，防止国际巨头恶意收购。

第一财经：因为安琪酵母是一家上市公司，据我们了解，安琪酵母现在很多大股东还是法人股。那外商会不会通过收购法人股的方式来收购安琪酵母？

“有这种可能。因为他们都很看重安琪。”

第一财经：其实他们已经后悔1993年的事了。资本市场一直有传闻，说有公司要对安琪进行收购。不久前，安琪酵母实施资本公积金转增股本方案，每10股转赠10股。这在市场上造成了很大的跌宕。

“公司上市这么多年来，股本没有什么变化，一直没有满足投资者的期望。很多投资者都希望我们把盘子做大，而且盘子太小的话，别人收购起来也很容易。”

第一财经：对于发展，你现在是什么态度？

“我们当然还是想立足于中国自己的品牌去发展，坚持创自己的品牌，独立自主地去开发国际市场。”

另辟蹊径

安琪酵母另辟蹊径地开发出两个新的应用领域，求得了生存，求得了发展，也赢得了市场的认可。

放弃合资后，生存成为俞学锋要考虑的头等大事。在与西方企业竞争高档面包市场走不通的时候，安琪酵母针对中国以馒头、包子、油条等中式面点为主食的特点，开发出本土化的酵母产品。

第一财经：在产品开发上面，你们的想法跟当时进入中国的那些跨国公司有什么不同？

“实际上，这也是我们最初能够成长起来的一个关键原因。最初的酵母厂，包括外资的酵母厂，它们按照西方人的思想，把酵母的应用领域集中在烘焙领域，主要的精力都用在开发和抢占烘焙市场了。烘焙领域就是我们所说的烤面包、烤饼。”

第一财经：属于西餐系列了。

“对。但是我们在这一块肯定没他们有经验，最后我们选择了与他们不同的两个领域。从理论上来讲，就是细分了市场，或者叫独辟蹊径，走了自己的路。我们把面包酵母用于中国老百姓制作的馒头，做成家庭使用的小包装，让酵母走进中国老百姓的家庭。”

第一财经：当时的中国老百姓对酵母没有认知，可能这两个字都不太会念。据说你当时作推广，还去王府井卖过馒头？

“那是很早的时候，酵母刚出来，没有渠道。”

第一财经：是你自己去做渠道吗？

“是的。我们还开发了系列的酿酒酵母，因为当时的中国是一个酿酒大国，而且20世纪80年代末到90年代初是中国白酒销售的最繁荣时期。”

第一财经：那时候全中国每年的标王有好几个是做白酒的。

“我们就根据潜在的市场开发耐高温酿酒酵母，用于白酒和酒精制造。通过几年非常艰苦的推广，全国的酿酒行业普遍地接受了安琪酵母。”

第一财经：白酒行业其实是一个很封闭的行业，你用了什么方法让这些白酒企业接受你的产品？

“酒业很特别。有很多酒头在酿酒行业很有影响力，他们怎么说，别人都相信。首先，我们要去说服他们，然后联合一些协会、学会，来对这项技术进行评奖，促进技术的传播。当时，安琪就依靠这两个产品在两个不同应用领域的发展，在那么困难的时候求得了生存，求得了发展，也赢得了市场的认可。”

规范标准

市场竞争最高的一个层次就是行业标准的制定，它决定了定价权，也决定了行业成长的方向。

俞学锋利用行业协会成功打入酿酒行业，推广了自己的新技术和品牌。如今他的头衔后面，除了安琪酵母董事长兼总经理外，还担任了中国发酵工业协会副理事长、中国焙烤食品糖制品工业协会全国面包师分会理事长、中国粮油协会常务理事、中国食品科学技术学会理事、中国微生物学会理事、中国粮油学会发酵面食分会会长等7个行业协会的职务。

第一财经：最早是什么事情触发你做这些标准，参与这些标准的起草、制定的？

“不能再制定那些低水平的标准了，不然整个行业都很难发展了，中国的酵母行业就很难跟国际酵母行业融合起来。所以我觉得必须要参与和推动这些标准的制定。”

第一财经：早期，在你想到制定、修正这些标准之前，国内市场是不是经历了一个无序竞争、大小企业打混仗的过程？

“是的。原来中国也有很多小的酵母厂，标准都比较低，而国内又没有统一的标准，所以考虑要制定一些体现先进性的标准。当然，政府现在是非常明确——标准必须跟国际接轨。现在回过去看，我们当初的想法完全是正确的。”

第一财经：这些标准的制定和执行会不会造成中国很多中小酵母厂的消失或者破产？

“从目前的情况来看，并没有。只不过一些劣质的、低水平的企业是根本行不通的，而且市场也能抑制这些低水平的产品。每个酵母厂都必须要达到一定的先进性，不仅仅是标准。”

第一财经：这里其实牵涉一个利益问题。谁掌握了标准的制定权，未来的发展就对谁很有好处。其实市场竞争最高的一个层次就是行业标准的制定，它决定了定价权，也决定了行业成长的方向。

“是的。在制定过程中，大家肯定会对一些指标有不同的看法、不同的意见，但是最终要形成一个统一的意见。并不是参与制定标准的人就有决定权，决定权在标准委员会，包括各个行业的标准委员会，最后还要政府批准。不是你想怎么做就怎么做，还是要大家达成共识的。”

安琪通过牵头起草中国活性干酵母、酵母抽提物、面包馒头等业内标准，有效打击了假冒伪劣产品，避免低价恶性竞争，加快淘汰小型企业，结束了业内分散的战国状态，趁势并购扩张。目前安琪在全国拥有6个生产基地，2004年起连续提高价格，产品也已走出国门。

第一财经：未来在企业的发展中，你们会通过购并的方式来扩大自己的规模吗？最近好像是有一些购并案，对不对？

“购并肯定是今后扩张的一个比较主要的方式。我们在过去的发展中也有购并，当然，那都是一些比较小的企业，包括赤峰安琪、滨州安琪、睢县安琪，都是通过收购、改造原来的一些小酵母厂而来的。”

第一财经：修改和提高行业标准，也是你收购的一个关联活动吗？因为标准提高了以后，它们其实是没办法做下去了，因为达不到标准。

“肯定有影响。但它们主要还是在经营管理上、在技术上有一些缺乏。”

第一财经：你把参与行业协会和创建行业分会当作一种市场竞争的手段吗？

“不是。这主要还是为了促进行业的健康发展。从站在自身的角度来说，只要行业是健康发展的，作为中国最大的、市场份额最高的酵母企业，我们的受益当然是最大的。所以我们很积极地在做这个工作。”

虽然安琪已经走出国门，但面对国际市场对“中国制造”的种种偏见，未来究竟作贴牌生产，还是继续打自己的品牌是俞学锋一直思考的问题。

第一财经：其实这一两年内，"中国制造"的产品在出口的过程中，食品安全的问题一直受到很大的争议。你觉得这跟国内的行业标准有关系吗？安琪在出口过程中，在行业标准方面是怎么思考的？

“我们必须要调整一些出口的产品，有些配方必须要符合当地的标准。当然国际上也有一些对我们不应该有的惯性思维，这对我们的产品也有影响。我们也遇到过这样的问题，比如我们在前年也接待过一个酵母经销商，在那个国家，我们通过两年的推广，市场份额快占到第一位了。这个经销商说他们现在遇到了困难，遇到了一个竞争对手，就列举了安琪酵母在他们市场上的很多不好，一二三四五六，列了很多条。”

第一财经：具体说说？

“第一条就是，安琪是来自中国的产品。”

第一财经：国别歧视！

“听到这个，马上就给我一个很大的触动，怎么中国的产品就是一个不好的代名词呢？我们企业的产品出口跟中国这个大品牌是紧紧地联系在一起的，我们中国的每一个企业必须去塑造和提升自己的产品品牌，最终来提升中国这个大品牌的影响力。我们有一个原则，一般情况下，我们不做 OEM，必须打安琪自己的品牌，我们现在 90% 的产品都是我们自己的品牌。虽然做自己的品牌会很困难，但我觉得每一个企业都要去做，勇于克服困难，创造自己产品的品牌，最终来提升中国这个大品牌在国际上的影响力。”

第一财经：面对外商对安琪酵母诸多不利的指责，你们最后是怎么解决的？

“第一，产品质量必须是一流的，这是最基本的。第二，必须做一些品牌的宣传。另外，还要宣传高速发展的中国，让所有的进口国和消费者都尽可能地了解中国，了解我们安琪。这是一个非常漫长的过程，不可能一蹴而就。”

中国作为一个将来的经济大国，一定要有一大批国际级的、具有国际竞争力的大企业。离开这个竞争力，一个国家的综合实力很难体现出来。

——中国海洋石油总公司总经理　傅成玉

傅成玉：在夹缝中开创蓝海

傅成玉简介

1951年出生于北京。毕业于中国东北石油学院地质学系，后获美国南加州大学石油工程硕士学位。1982年加入中国海洋石油总公司。1999年9月，出任中国海洋石油有限公司执行董事、执行副总裁兼首席执行官。2000年10月，担任中国海洋石油总公司副总经理。2000年12月，兼任中国海洋石油有限公司总裁。2002年8月起，任中国海洋石油总公司的子公司——中海油田服务有限公司董事长兼首席执行官。2003年10月起，任中国海洋石油总公司总经理，兼中国海洋石油有限公司董事长、首席执行官。

中国海洋石油总公司简介

中国最大的国家石油公司之一，负责中国海域对外合作开采海洋石油及天然气资源，是中国最大的海上油气生产商。公司成立于1982年，注册资本949亿元人民币，总部在北京，现有员工5.3万人。集团总资产3 090亿元，净资产1 676亿元。

“这是历史发展的一个过程，不是你喜欢它就发生，你不喜欢它就不发生。”

在第一财经和CNBC共同举办的“2006中国最佳商业领袖”颁奖晚会上，中国海洋石油总公司总经理傅成玉夺得大奖。他在2005年入选美国《时代》周刊14位“全球最具有影响力人物”。《时代》对他的评价是：“他过人的胆识开启了一个新时代。在这个时代中，中国在全球经济领域雄心勃勃的计划将越来越令人难以抗拒。”

收购风波

这场收购不仅引起了全球资本和能源市场的关注，更引起了美国政界人士的瞩目。

傅成玉因为带领中海油收购美国第9大石油公司——优尼科而一举成名。这场涉及185亿美元的现金收购战也是迄今中国规模最大的一起海外收购，它不仅引起了全球资本和能源市场的关注，更引起了美国政界人士的瞩目。

2005年6月23日，优尼科收到中海油正式的收购要约。6月24日，美国国会41名议员联合致函美国财政部长约翰斯诺，呼吁其采取行动，阻止中海油的收购。

经过一个多月的角逐，最终中海油宣布退出竞购，尽管如此，其股票不跌反升。从2005年6月23日开始到宣布退出，中海油市值就上涨30%以上，从220亿美元增长到300亿美元。

“对我本人来讲，这件事已经过去了。一定要说的话，有这样两点：第一，中国的改革开放走到了世界前面，中国市场开放的程度比一些发达国家高；第二，现在有一个不好的趋势——全球贸易保护主义在抬头，这是非常危险的。前几天《华尔街日报》访问我，问这件事有什么教训。从我这个角度来讲，恐怕就是对美国的公关工作要提前一两年作预热。”

第一财经：对中海油这样的大动作，也有一些质疑性的说法。其中有一条就是，中海油这么一冲是不是把中国的实力暴露得太早了，提前引起了西方一些国家对我们的警惕？以后是不是海外并购更难了？

“这是历史发展的一个过程，不是你喜欢它就发生，你不喜欢它就不发生。大家谈这个事、提这些质疑的时候，归根到底是怎么样面对中国威胁论的问题，担心因此导致中国威胁论更上升了。”

第一财经：在经济领域？

“可能在经济领域，也可能在别的领域。其实我觉得担心没有必要。中国人要走中国人的路，什么是我们的利益、什么是我们国家的利益、什么是我们企业的利益，我们就怎么做。作为一个企业领导人，我该做的就是要维护企业利益。所以不能因为别人说了、别人害怕了、别人指责了，我们就不做了。这件事也让世界重新考虑，怎么样接纳一个新的和平发展的中国。”

第一财经：这件事以后，你们再到海外去做一些联系的时候，别人对你们的态度有什么变化？

“这应该给我们增加了一笔无形的大资产，不仅仅是广告效应，而且确实给我们带来了很多新生意的机会。”

焕发活力

如何将西方的管理经验引进到国企改革中来，是傅成玉近几年一直在探索的关键问题。

中国海洋石油总公司是中国第三大国家石油公司，也是中国最大的海上油气生产商。截至2005年底，在国资委直属的中央企业中，中国海油总资产达1 914亿元，居11位；当年销售收入889亿元，居16位；净利润191亿元，利润总额居第4位。

事实上，在1993年之前，中国海洋石油总公司主要由4家大而全的地区公司组成。和大多数国企一样，存在着内部机构臃肿、管理效率低下等问题。1993年开始，它们逐步实行资产重组，从4家地区公司中分离出10家专业公司。1999年，中海油又启动了产业结构调整以及核心业务上市的改革，先后成立了3家上市公司和4家基地公司。到2005年年底，中海油基本完成了对4家基地公司的现代企业制度改造。

“以前中国企业的竞争力处在一个劣势。首先是体制上和机制上的劣势，这非常要命，因为体制和机制最后决定人的聪明才智能发挥到多大程度。所以这20多年来，是我们在不断地改革公司的体制和机制。”

如果没有之前的改革和上市，很难想象中海油能够在资本市场发起收购优尼科这样的大手笔。当然对于傅成玉这样的国企老总来说，改革的压力不仅来自于内部，同样来自于中央部委。按照国资委对国企改制的规划，今后所有国企将引入股份制，传统的国企老总将不再具有行政级别，股东会决策、董事会选举、聘任、解聘等程序，将出现在新国企老总的职业生涯中。

不过这些对于傅成玉来说早就不陌生了，这个美国南加州大学石油工程硕士毕业的老总在石油行业工作了30多年，其中还有几年是在美国石油公司中担任要职。如何将西方的管理经验引进到国企改革中来，是他近几年一直在探索的关键问题。

第一财经：在打造中海油的时候，你从西方学到的最主要的能够真正融入你现在的管理系统里的是什么？

“简单地说，如果你把大家都认为最重要的股东利益放在第一位，就带来一系列的变化。这是一个观念上的变化。过去谈国家利益的时候，大家都会出口成章。现在的企业先谈股东利益，其实保障了股东利益，就从根本上保障了国家利益。其次，一定要按照市场规律治理公司，或者按照上市的规则治理公司，一切都要公开、透明。我觉得成本不论多高都要做，要趁这个机会把自己的管理体系建起来，特别是内控体系。”

第一财经：如果中海油不是处于垄断的能源行业，也没有赶上国际油价飞涨，会不会暴露出很多问题？你觉得中海油的管理是不是已经到位了？

“现在在中国，垄断还是有的，但并不是常规的、一般意义上大家理解的垄断，而是部分垄断。在国内，我们也和国外的石油公司在竞争，因为我们跟它们有合作，既是合作又是竞争。但相对来说，大家更关心的是好像没有更多的公司，尤其是没有民企。这个提法是对的，但并不是一天半天就能做到的，因为需要非常大的规模，还要承担很大的风险。现在全球海上勘探成功率也就30%左右，这还算好的。我们在海上打一口井最少也得一两千万人民币，现在1千万美金打一口井也是常事。这么大的风险，不是一般的公司能承担得起的。所以这是一个怎么看待垄断的问题。即使是在这种情况下，我们还在竞争着，竞争发现成功率，竞争开发成本，竞争管理效率。实际上，高油价给我们带来的高效益是个综合数据，所有的石油公司在油价这块都一样，那谁的管理好、谁的管理坏，就可以从收益看出来了，这也体现在股票价值上。”

第一财经：你刚才特别自豪地说，你们这个公司之所以能高速增长，又能维持比较低的成本，是因为集团内部不同板块的产业链结合得比较好。这是哪几个板块，它们是如何结合的，使得整个集团的总体成本下降？

“我们现在有两家上市公司，一个是海洋工程，在上海上市的。还有一个叫中海油田服务公司，就是给油田公司提供服务的，在香港上市的。由于有了这个服务公司，我们内部协调非常顺，我们想干一件事，比如钻一口井、建一个项目所需的时间要比国外公司短。这不是你给我让利、我给你让利的关系，而是效率高了。这也是为什么优尼科事件以后，海外找我们的人多了。他们了解了我们的竞争强项以后，都希望我们能把这套模式带到他们国家去，以降低成本，提高效率。我们公司这么小，数就那么多，力量就那么大，但一年有10个到20个油田在建，每年有七八个油田投产，能把这些事干成，这正是我们国家现在新的竞争优势。”

高风险竞争

中海油的定位就是在大公司的夹缝当中开辟自己的蓝海。

通过引进、消化和吸收国外技术，中海油已具备了独立开发中国近海油气田的能力。至今已在中国近海拥有40多个生产油气田，其中一半左右是自营油田。20多年间，中国海上的油气产量从9万吨跃升至2005年的3 900万吨油当量。此外，中海油通过开展资产并购及合作开发，油气资产已广泛分布于澳大利亚、东南亚、非洲等国家和地区，海外风险勘探区块面积近30万平方公里。

近几年，除了上游的传统业务外，中国海油不断完善公司产业链、价值链。已经形成油气勘探开发、专业技术服务、化工化肥炼化、天然气及发电、金融服务、综合服务与新能源等六大产业板块。伴随着特色中下游产业的成长壮大，中国海油综合型能源公司的产业架构基本形成。

第一财经：你觉得中海油的定位跟中石油、中石化最大的区别是什么？而相对优势又是什么？

“跟这两家定位最大的不同是，我们是小公司，所以我们定位于小公司的位置。也就是在一些中石油、中石化已经发展了的领域，竞争非常强的领域，我不可能再去做了。比如我们建石油化工，我们造炼油厂，好像这个产业链大家都是一样的，其实是不一样的。炼油和炼油也不一样，首先，我们用的原料不一样，导致我们的技术也不一样，产品也不一样。实际上，我们是走了一个差异化的道路。我们这个定位就是在大公司的夹缝当中，怎么样开辟自己的蓝海。"

第一财经：虽然是差异化竞争，但毕竟还会有避不开的非竞争不可的领域。那你跟那两家大公司竞争最明显的是哪些领域，你又怎么在这些领域内生存？

"其实竞争最明显的并不是和这两家，而是全球性的竞争，主要是成长速度、成长质量的问题。对我们这样的油公司，最重要的是石油天然气产量的增长，在行业里，这叫储量替代率。你今年生产1 000万吨，你必须得找到1 000万吨，你要比的是你效率方面的指标，是你的成本控制，是你这个差异化的产品、差异化的市场，是你的资本回报率。如果只想搞大，资本回报率就会越来越低，公司质量在下降，这不是我们追求的。所以这些年，我们一直把公司的发展质量放在首位。现在我们的上市公司，就油公司这一块，股权回报率都是在30%以上，而且是连续多年都在30%以上；现在全集团每一块钱的成本利润率可以达到70%，每一块钱的销售利润率可以达到40%。尽管我们现在发展得很快，但我们的质量没降低，这也是我们在发展过程中要时刻保持的，发展质量不能降低。"

第一财经：在你整个产业链中，什么是你要继续保持的，什么是你不做的？

"我们主要是看价值链，从价值链上看哪儿能增值。增值并不是说今天做这件事能赚点钱。我们考虑的第一个因素是，能不能在行业里把它做成一个产业，在这个产业里能不能做到一个主要位置。第二，我做有什么特点，我有什么竞争力，如果我没有竞争力，说它再好也白扯，因为实现不了。第三，一定要和我们整体的战略、要和我们的投资方向一致，偏离了这个方向，我不会去做。这么多年，我们从来不做房地产，从来不炒股票，我们的投资原则就是要符合公司的发展战略，只能在我们的产业链上去延伸。”

第一财经：现在你这个产业链已经有了，然后还要再继续发展。你觉得以后整个的销售的和利润的比例在哪些方面是支柱性的，比较重要的？

“从长远来看，我们这个公司总的利润、销售将来一定是在石油天然气方面。我们要解决两个问题，第一是平衡风险。因为油和气受油价影响波动比较大，但不能因为它波动，收入就突然少一大块，所以一定要有一个平衡风险。第二是要给我们上游的产品一个增值，特别是我们这两年开发的大量的重质稠油。稠油如果单卖，现在就卖的话，一桶至少少卖5美元。如果我们自己开发一些技术、一些新产品，这5美元就不用扔给市场了。在增值方面，这些年我们做得还是非常不错的。另一个方面，我们真正要发展的是将来的可替代能源，特别是风能，海上风能，将来这是我们一个主要产业。”

第一财经：能到一个也跟油相提并论的重要地位吗？

“我想在一二十年内，它可能不能起到替代现在石油的作用，但是至少可以解决中国额外增加的对石油需求的部分。”

第一财经：现在有一些学者有这样的说法——一些国有企业，特别是掌握能源、跟国计民生很贴近的国有企业，本来应该是社会大众共同享受的，但实际与民夺利，一直维持一个很高的利润，也就是从消费者那儿获取了更多。国有企业这样做合适吗？你正好在这种行业里，你怎么看这种观点？

“现在中国人做事想问题，光考虑自己已经不行了，得把世界也纳入考虑中来。这样你才会发现，这不是和民争利的问题，而是整个世界已经是这个样子了，全球的价格也决定了中国的价格体系，是我们自己控制不了的。低价卖，政府再给补贴的话，其实政府补贴最后不还是从老百姓口袋里出吗？如果让企业或者政府长期背油价的话，再走个三四年，累积的矛盾一定比现在这种方式还难处理。所以我觉得最根本能做的是全民节约，提高资源使用效率。这是我们从长远考虑，现在按照中央的要求来做的。”

第一财经：收购优尼科失败以后，因为中海油在国际上更加有名了，很多人都主动来找你们合作。现在你们在海外的推广策略是怎么样的？有战略布局了吗？如果有的话，又是什么样子的？

“因为有些东西跟竞争对手有关，所以不是想怎么布就怎么布。那么本质上，还是要发展企业。如果没有世界级的企业，在哪儿有油田都白扯，让你没你就没了。但是你要是做成世界级的大规模公司的话，这块可能没有油，但是我可能变出油。并不是我们到哪儿投资，就一定要把那块油拉到中国来。而是立足中国看世界，全世界已经是一个大市场了，我们没必要从那么远拉到中国来。我们有实力，可以在近处卖，可以跟别的公司调换。本质上，我们要把公司做大。中国作为一个将来的经济大国，一定要有一大批国际级的、具有国际竞争力的大企业。离开这个竞争力，一个国家的综合实力很难体现出来。”

跋

慎重、史观、跟随——我从栏目学到的事

成为《中国经营者》栏目的主持人，对于第一财经和我来说，都是由偶然因素促成的小概率事件。

不过，当时第一财经是找人“救急”：吴晓波老师在这个岗位上因病中辍，急于寻找一个替手；而对我，则是“救穷”：早在两年前就已经暗自发愿，向主持人转型，做一档以坦诚交流和个性化表达取胜的财经电视栏目，只是一直苦于没有合适的平台。所以，第一财经的同事对我稍一试探，我立即心下大喜，一手摁住，不让他人再窥此脔。

苏东坡有句诗：“老去簪花不自羞，花应羞上老人头。”反复吟诵，足为所有年长貌丑又心怀虚荣者戒。

我的“主持梦”和俊男靓女们的“明星梦”自然大有不同。午夜自省，也确实没有什么虚荣的成分。究其原委，大概有两个动机：一方面是因为有些话不吐不快。在十年的媒体从业经历中，我通常身处幕后，工作中常用的心法，就是力求“灵魂附体”到主持人身上。遇到配合不默契的主持人，难免有半身不遂之叹。附别人之体，哪有自己赤膊上阵来得痛快？

另一方面，近年来我有一个越来越深的感触：就学习效率而言，青灯黄卷读书远不如云山雾罩聊天来得快。当然，和高人聊天尤其快。《中国经营者》恰好就是这样一席“往来无白丁”的盛宴，颇合我在知识上既懒惰又贪吃的个性。前两任主持人方宏进和吴晓波，都在各自的领域

成名日久，如果不是抱持一种学习的心态，我只怕很难有勇气踏上这次“续貂之旅”。

您在这本书里看到的大部分采访都出自两位前贤的手笔。忝为现任主持人，能奉献于此的，仅仅是一些学习和思考的心得。

我在《中国经营者》学到的第一件事是“慎重”。

据说在南非有一位业界顶尖的钻石工匠，拿手的活计就是为钻石毛坯开第一凿。这一凿在很大程度上将决定这枚钻石的价值。有一次，他拿到了号称世界第一大的钻石原坯，他殚精竭虑地想了一个月之后，才鼓起勇气下锤。第一锤下去，自己却昏了过去——实在是太刺激了。在采访现场，每当摄像冲我举手示意可以开始的时候，我多少就体味到了那位工匠下刀时的心情。一个媒体人，尤其是以采访嘉宾为主要工作的媒体人，如果没有这种如履薄冰的心态，用我的一句玩笑话来说，就是“不好好吃祖师爷赏的这碗饭”了。

在媒体世界里，悠悠万事，唯此为大。当面对一个活生生的人的时候，其实有无数种采访路径铺陈在你的面前。其间的区别，有的南辕北辙，需要果敢的价值观判断；有的隐秘幽微，需要细心精巧的采择。因为稍有不慎，采访的效果就往往失之千里、判如霄壤。

东临碣石，海涛连天。我们面对一个采访对象的时候，他也在调动所有的人生阅历面对媒体。要是看不到此中的壮阔，何必到此一游？

我在《中国经营者》学到的第二件事是“史观”。

前任主持人吴晓波专治当代中国企业史，成就斐然。遗风所及，也就决定了《中国经营者》栏目的大历史观。

什么样的企业有被记录的价值？规模？业绩？热点？魅力？都是，

但又都不尽然。

我们总是试图突破当下意义对媒体的困扰，总是在想：五年、十年之后再来回首中国企业史，《中国经营者》栏目的每一期节目能否呈现为一部“纪传体”的信史？这样的自我期许，也自然就带来了对自己“史德、史识、史才”的严格考问。

我们相信，中国特色市场经济体系终有建成的一天。而此前所有企业个体的成败利钝，都多少会在那幅宏图中留下一些斑驳的贡献和印记。我们要做的，就是猜想那些未来的印记，再倒回来，在今天的诸多事实中找寻它在历史中的根系。历史最积极，最宽容。因为在它的面前没有成功和失败，只有收获不同。

“你有责任分享你的价值，因为你今天所做的有可能被载入历史。”每当我和采访嘉宾谈到这一句的时候，都能看到对方敛容正色的敬畏。

媒体都是易碎品？我才不信这个邪。

我在《中国经营者》学到的第三件事是“跟随”。

感谢第一财经，从来不用收视率之类的无聊标准来考核栏目的价值，因此我们也就省却了许多哗众取宠的心思。而在所有的哗众取宠的小动作中，最难分辨的就是“质疑采访对象”的主张。因为它似乎有着天然的道德优势和假想的民意基础：看着采访对象在主持人的咄咄进逼中丢盔卸甲，岂不快哉？

在西方新闻史上，普利策、赫斯特等诸位大众媒体英雄都是凭借向强势团体的挑战而胜出的。据说有一位财阀质疑普利策报道不公：“我犯了什么罪？”普利策答曰：“你犯了有财有势罪。”

大众媒体的这种姿态，到底是为了商业利益还是社会公正？这是一个见仁见智的问题，暂且不论。问题是，中国到底需要什么样的媒体立场？是理性的还是感性的？是否定性的还是建设性的？如果一定要感性、一定要否定，刀锋所指又应为何物？一个猎人如果空手而归，就应该自认失败，而不是把所有的子弹都倾泻向草丛里无辜的兔子。

经济学家茅于轼曾经大胆言之：“改革开放以来的财富增加都应该归功于企业家。”话虽偏颇，但并非无理。“改革之前也有工人农民，为什么财富那么少？现在就多了一个企业家，财富就蓬蓬勃勃地创造出来了。因为是企业家把劳动、资本、技术、市场等要素，以最有效的方法组合起来，以最低的成本生产出社会最需要的产品。这种组合要素的任务是企业家完成的，不是工人、农民或知识分子所能完成的。”

“理性、建设性”，是《经济观察报》创刊之初就写在报头上的自励格言。还记得当年看到这五个字的时候，我感受到的震撼。年深日久，依然醒目。

在当前中国，企业家价值还远远没有被足够尊重，它对中国崛起的巨大作用还值得想象和期待。因此，认同、尊重、呈现企业家的价值，是《中国经营者》栏目的预设立场。

在这个栏目里，没有面对面的质疑，我们只是试图绕到采访对象的身后，蹑足潜踪地跟随，充满悲悯地感受他的困境、欲念、狂喜和自得。让所有的观众看到并思考。

在这个栏目里，也没有赞赏和谀辞。我们尽可能避免浅薄的是非判断。他们在创造历史，他们终究会有东西留下来，不管是对是错，也不管你是否记录。

历史就是如此有趣。有时候我们不得不在细节中寻觅它的光彩，有时候我们不得不通过人性来映照它的轨迹。惟其如此，历史才有可能深刻。

罗振宇，传媒人。中国传媒大学博士，先后师从凤凰卫视王纪言台长和CCTV前台长杨伟光。历任CCTV《商务电视》、《经济与法》、《对话》栏目制片人。2007年从幕后转至台前，在第一财经频道担任《中国经营者》栏目主持人，并兼任第一财经频道总策划。